AF578116

La caja negra de latón

Jorge Beltrán Navarrete

EDIQUID

LA CAJA NEGRA DE LATÓN

Editado por: Corporación Ígneo, S.A.C.
para su sello editorial Ediquid
Av. Arequipa 185 1380, Urb. Santa Beatriz. Lima, Perú
Primera edición, julio, 2023

ISBN: 978-612-5112-22-4
Impresión bajo demanda

Hecho el Depósito Legal en la Biblioteca Nacional del Perú N° 2023-04686
Se terminó de imprimir en junio del 2023 en:
ALEPH IMPRESIONES SRL
Jr. Risso Nro. 580 Lince, Lima

www.grupoigneo.com
Correo electrónico: contacto@grupoigneo.com
Facebook: Grupo Ígneo | Twitter: @editorialigneo | Instagram: @grupoigneo

Colección: Nuevas Voces

Índice

1

1933, localidad de San Carlos, región de Ñuble, Chile. Un año que cambió la vida a miles de personas, a miles de campesinos. Un año donde se logró dar solución a un gran problema de ese entonces. Bueno, eso creía yo al escuchar con atención los relatos que mi abuelo me contaba. Sí, mi abuelo, Gilberto Navarrete; un hombre de una mirada penetrante, pero que irradiaba alegría y confianza. Un hombre cariñoso; eso sí, cuando se molestaba por algo, mejor ni acercarse. Claro, ese malestar le duraba muy pocos minutos. Un hombre amante de la buena música (el tango en particular). No es porque haya sido mi abuelo, pero él tenía una voz única, una voz de oro.

El «Morocho del Abasto» era su ídolo. En general, era un hombre sabio, un maestro chasquillas, porque hacía de todo: reparaba zapatos, le gustaba pescar, cocinar, hacía el pan; en fin, era un superhombre. Muy virtuoso en el canto y para contar historias; algunas no muy creíbles, pero las contaba con una convicción que, de solo escuchar, uno daba por sentado la realidad de los hechos. Ese era mi abuelo, un veterano nacido en San Carlos, región de Ñuble, en el año 1914. Un hombre como ninguno, al cual llevaré siempre en mi memoria y corazón.

El 23 de febrero de 1988 lo recuerdo muy bien porque faltaba un mes exacto para mi cumpleaños número 16 y porque ese día tuve la dicha de degustar la fruta más deliciosa que he probado en mi vida.

Conversando sobre la familia, me enumeró la cantidad de hermanos que él tenía. Cinco en total. De familia humilde pero decente, de familia machista pero trabajadora y responsable, de gente campechana donde varios de sus consanguíneos no pudieron terminar los estudios, pero que, de cierta forma, alcanzaron un gran pasar por esta vida.

Con tan solo 19 años, en ese singular verano del 33, estando Chile inserto en una gran crisis económica, ocurrió el gran acontecimiento; para bien o para mal, sin lugar a dudas lo fue. De esa forma, comenzó su relato. Ambos estábamos bajo el parrón de su casa, refrescándonos con una rica agua con harina tostada, para dar paso a degustar una grande, jugosa y roja sandía de la zona central que, por lo demás, son muy deliciosas y, como ya mencioné antes, es la sandía más sabrosa que jamás he probado hasta ahora.

Una vez terminada la fruta, me invitó al cuarto que estaba ubicado al fondo del patio, al lado del gallinero y muy cerca del ciruelo. Era ahí donde él realizaba sus trabajos; recuerdo que en esa pieza había un banco carpintero de madera que ocupaba para todo: para arreglar zapatos, cortar madera, clavar o para hacer la deliciosa y fresca harina tostada. Me llamó mucho la atención el molinillo ubicado en un extremo del banco carpintero; jamás había visto algo así, tan rústico. Lo mismo me ocurrió al ver la caja negra de latón colgada de una viga, donde se tostaba el trigo que luego daría paso a convertirse en harina. Al consultar por esa caja de latón, mi abuelo me interrumpió diciéndome:

—¡No es una caja de latón, ¡cómo tan ignorante! —dijo con una voz bastante fuerte—. Es una callana. Ese es su nombre, y eso que tú llamas aparato o caja de latón, lo inventé yo.

Luego, quedó en silencio por unos segundos (cosa que para mí fue una eternidad), hasta que comenzó a referirse al día y la hora que se le ocurrió realizar ese invento.

—Tenía 19 años recién cumplidos y, en una tarde de siesta, acostado al pie de un manzano, tuve un sueño muy real. Soñé con una caja grande de color negro, de unos cuatro metros de largo por unos dos metros de ancho, donde yo estaba de pie y desnudo por completo. Solo cubría mi cuerpo un coleto de cuero color piel. Además, me rodeaba una espesa niebla con aroma a flores de cementerio.

Ahí estaba yo, agitando la callana de extremo a extremo, solo con la fuerza de mis brazos que la sostenían en el aire, dándole un movimiento armonioso y delicado. Acompañado de esa espesa niebla, sentía en ese instante un poco de miedo, un temor inexplicable, pero que se disipaba con el aroma del trigo tostado. Fue ahí, en ese instante, que desperté. Me di cuenta de que era un sueño; un sueño tan real como el aire que estamos respirando en este momento.

»Lo primero que hice fue levantarme con rapidez y comenzar a construir mi obra, a pesar de que sentía algo raro, algo que en ese entonces no pude explicar. No demoré mucho tiempo, ya que las medidas eran mucho menores a como las había soñado.

En ese punto, interrumpí a mi abuelo y le dije:

—Por favor, regálame una. Me gustaría una; ojalá igual a la tuya.

Dio vuelta a su cuello, me miró fijo con los ojos muy abiertos y saltones:

—¡Jamás, jamás! —me dijo en un tono bastante fuerte.

No logré entender el cambio de ánimo en ese instante. Pasaron varios minutos sin que me dirigiera la palabra; el ambiente estaba enrevesado, hasta que se decidió a contarme. Me miró y me dijo:

—Por favor, esto es real. No es un cuento como los que siempre te relato. Esto es verdad, y te lo vuelvo a repetir —su voz se escuchaba entrecortada y se notaba un tanto singular—. Sucede que, años atrás, muchos años atrás, cuando vivía en San Carlos, tenía un vecino de nombre Jeremías Bahamóndez. ¡Jeremías! Lo recuerdo como si fuese ayer. Éramos muy buenos vecinos; más que vecino, era mi yunta. Un hombre honesto, de unos 23 años, mujeriego por naturaleza y un poco mayor que yo; bastante alto, medía como un metro con ochenta, y tenía una voz muy grave. Ese era Jeremías, y a él fue al primero que le conté del sueño de la caja negra, como tú le dices. Él fue el primero, y hasta el día de hoy maldigo el instante en que le indiqué cómo se hacía una callana, callana hecha por mis propias manos.

»Sin pensar, sin saber, ese sueño (o mejor dicho, pesadilla) trajo consigo muchos problemas. Muchas desgracias. De solo recordar, hasta me estoy arrepintiendo de contarte esta historia, porque ese fue el comienzo; esa fue la génesis de años de maldición, años de mala suerte, años de brujería. La verdad no lo sé, ni logro imaginar. Lo único que tengo claro es que jamás te regalaré una callana. ¡Jamás!

»He confeccionado solo dos en mi vida, y créeme que estoy muy arrepentido. Todavía siento rabia e impotencia de no conocer e ignorar el poder de la maldad. Como te dije con anterioridad, he fabricado solo dos con la idea de que se utilizaran de muy buena forma, pero el destino no quiso que fuese así. Cuando se probó mi invento, mis seres más cercanos sufrieron de un ataque al corazón. Lo primero que pensé es que había sido una coincidencia. Según la Sra. Ernestina, la vieja bruja del pueblo, fue obra del mismísimo demonio.

2

Jeremías Rigoberto Bahamóndez Lepe. Fecha de nacimiento: 31 de diciembre de 1912, nacido en la ciudad de Parral. Eso era lo que aparecía en su acta de nacimiento, que presentó al cumplir los 18 años, en el regimiento militar de Linares. Su cojera por fin le ayudó en algo; siempre se quejaba de su pierna, de las burlas que escuchaba desde niño, cómo lo molestaban en la escuela y cómo sufría del dolor cuando, en invierno, tenía que ir de vacaciones donde sus abuelos a la ciudad de Parral. No le gustaba viajar a ese lugar, pero como decía su padre: «Donde manda capitán, no manda marinero». Entonces, estaba obligado moralmente cada año a visitar a la parentela, a sus parientes del norte.

El frío, sí, era el frío el que le traía problemas con su pierna. De solo pensar que tendría que estar quince días en una casa ajena, pasando penurias, levantándose a las siete de la mañana para ayudar al abuelo en los quehaceres del campo, trabajando como chino cuando se suponía que estaba de vacaciones, para él no era una buena vida. Lo único que le consolaba y reconfortaba era ver y disfrutar de lo hermosa que era su vecina, un par de años mayor que él, bastante tímida, pero con una silueta que cualquier mujer desearía tener, y cualquier hombre, aunque fuese en sueños. Esa era su vecina, sin nombre ni apellido. Claro está que se miraban todos los días.

Era un disfrute mutuo, un pololeo de aquellos que, sin haber intercambiado palabra alguna, gozaban de un amor sano, un romance como los que aparecen en las novelas de amor. «¡Qué linda es la vida!», murmuraba para sí mismo. Era la única alegría que él tenía en Parral, su único recuerdo hermoso era meditar esos bellos momentos al atardecer cuando su apolínea vecina, que ni siquiera sabía su nombre, salía al patio a intercambiar miradas. Ese era el mejor instante para él.

Luego de acicalarse y tratar de esconder su cojera, con solo observar su rostro se daba por pagado. Nunca había visto una mujer tan bella, ¡y sería eso lo que lo ponía tan tímido! Él mismo se extrañaba de su reacción; sabía que en algún momento le tendría que hablar, pero no podía. Él no era tímido; todo lo contrario, pero algo intenso sucedía cuando la veía que lo paralizaba por completo.

Una tarde, se armó de valentía, fue al jardín, tomó unas flores de invierno, limpió muy bien sus zapatos. En general, se preocupó más de lo normal de su aseo personal. El objetivo estaba claro: poder acercarse y conquistar a su amada.

Eran las veinte horas. Uno y otro se juntaron en el límite de ambos territorios. Una reja de madera a mal traer era su mayor obstáculo. Se miraron fijamente; mientras más se miraban, más se acercaban, llegando al punto máximo de excitación. Rozaron sus manos sin emitir palabra alguna, él tomó una parte de su cabello y ella lo abrazó con suavidad. Rozaron mejilla con mejilla, ambos giraron sus cabezas hasta quedar frente a frente. Fue un momento épico: acercaron sus labios con lentitud hasta sentir el calor del otro; fue un beso maravilloso, mágico, intenso sin serlo, romántico, pero, sobre todo, un beso real.

A la mañana siguiente, Jeremías despertó muy temprano. Irradiaba alegría, sentía estar volando en las nubes, no le importó la lluvia. De solo sentir y recordar ese hermoso beso, hasta el dolor en su pierna pasaba a segundo plano.

Sin embargo, los días transcurrían. Árboles gigantes, bastante lluvia, un campo enorme al igual que la casona, muchos animales, y ese maldito dolor en su pierna que no cesaba. Esa era su rutina en Parral. Estudiante a la fuerza y trabajador en vacaciones. Por eso, un día, decidió dejar los estudios. No fue a tontas y a locas; fue algo que meditó por mucho tiempo. Además, tenía casi 21 años y recién estaba en segundo de preparatoria.

Prefirió ayudar a su abuelo en el trabajo y, de paso, estar cerca de su vecina. Claro está, eso le duró muy poco. En un tiempo breve, se cansó de ser un peón. Se fastidió de trabajar la tierra y quiso volver donde su madre y sus hermanas a San Carlos. Por una parte, feliz de dejar Parral y de dejar el frío, pero por otra parte, triste, porque sabía que no volvería en un largo tiempo y eso lo dejaría muy alicaído, tomando en cuenta y sabiendo que perdería algo más grande que su ser si volvía al sur.

No estaba seguro de marcharse, pero tomó una drástica decisión. Subió a la carreta que lo llevaría a San Carlos y, dejando la casa atrás, mirando a su amor y cómo ella lo observaba marcharse, más de una lágrima derramó en su paletó.

3

Mi madre, hermosa como ninguna, trabajadora como nadie, mañosa como todas las mamás de mis vecinos cercanos. Esa era mi mamá: Elisa del Carmen, de un metro cincuenta; pequeñita, pero con un carácter que hasta el mismo diablo le tenía respeto. Eso sí; muy cariñosa a la hora de entregar amor y de ser servicial.

Se levantaba todos los días muy temprano, a eso de las seis y media. Ella era la encargada de encender la cocina por iniciativa propia. Le gustaba servir a los demás, tener preparado el desayuno para todos con agua calientita y leche hervida. Es más; un par de veces a la semana, nos preparaba churrascas por la mañana. Esa era mi madre, una mujer única. Siempre vestía con un delantal floreado y zapatos color negro, muy lejos de la moda de entonces. El pelo, con un moño tomado de un corte de género que le sobró de algún bordado.

¡Ah, sí!, también tenía el don de bordar: carpetas, pañuelos, manteles y todo lo que a alguna mujer del sector se le ocurriera encargarle. Los fines de semana se ocupaba de hacer el pan amasado, más de cien todos los jueves y todos los domingos. Eso sí; al día miércoles por la tarde-noche ya no quedaba. Entonces, nosotros sabíamos que los miércoles, aunque lloviera o no, se venían esas sabrosas sopaipillas o sopaipas, como les llamaba mi papá Roberto. A él le gustaban con chancaca, las famosas sopaipas pasadas. A mí me gustaban con tomate; al resto de mis hermanos y hermanas, con queso, y a otros comensales con ají. Por lo tanto, los días miércoles eran de sabores y de disfrute. Eran de familia, de la familia Navarrete. Además, mi padre lo tenía muy claro, porque ese día salía más temprano del trabajo.

Comentario aparte, pero no menos importante: la amistad que tenía mi mamá con la Sra. Ernestina, la vieja loca, la vieja bruja; así la trataban en el pueblo, menos mi madre, ya que ella le tenía mucha estima, mucho cariño. No le daba importancia a lo que los malpensados hablasen de ella. Eran solo chismes, rumores; aunque no puedo negar que, de solo ver a la Sra. Ernestina, me entraba una sensación de miedo. Mi cuerpo se estremecía de pies a cabeza y comenzaba a transpirar como si el ambiente estuviese a más de treinta grados de temperatura. Me sentía amenazado, raro, pávido al ver a esta mujer pequeña, mayor de edad, con una protuberante quemadura en su mano derecha. Ojos saltones, pelo liso, grueso y negro que, además, daba la impresión de no lavarlo nunca. ¡Ah!, y la típica nariz de los cuentos de brujas.

Cuando llegaba a visitar a mi mamá, prefería no estar. Ya era grande y se suponía que un joven como yo no debería tener miedo, pero ese temor de solo verla me calaba los huesos. Además, dicen que «cuando el río suena, es porque piedras trae». Y los rumores y habladurías eran bastantes: que practicaba la magia negra, que mataba a sus gatos para darle de comer a las gallinas, que en la noche de san Juan corría desnuda por las calles, que había matado a su marido clavándole alfileres a un muñeco de trapo hecho por ella, etc.

Era una mujer solitaria, demasiado seria. No se le conocían familiares ni amigos, a excepción de mi mamá.

Recuerdo una noche donde ella llegó muy tarde a casa, más o menos como a las veintiún horas, en pleno invierno, lloviendo a chuzo parado. Mi papá no estaba; solo mi madre y mis hermanos. Fue una sensación rara, ya que nunca realizaba visitas de noche, y menos con esa lluvia intensa que, más que lluvia, parecía un aguacero interminable, digno de una tormenta tropical. El viento era demasiado; se volaron varias latas que estaban sobre el techo del gallinero y, más aún, el ruido de la lluvia mezclado con el fuerte viento daba una sensación estrambótica. Lo extraño de todo esto es que el mal tiempo duró hasta que la Sra. Ernestina se marchó. En ese preciso instante, cesó el temporal. Era para no creerlo.

Este fue el día, este fue el momento exacto donde aquella conversación que tuvieron cambió a mi madre para siempre. Cambió su forma de ser. No lo sé explicar, no tengo palabras; sin embargo, mi madre dejó de ser la que era siempre. Su sonrisa pasó de ser afable a tener una sonrisa atribulada. Además, la Sra. Ernestina, desde ese día, dejó de visitar nuestro hogar. Es más: dicen los rumores que tuvo un pacto con el diablo y por eso tuvo que marcharse a lo alto de los cerros aledaños. Se le veía muy a lo lejos por el pueblo, solo cuando necesitaba comprar provisiones, pero, como mencioné antes, jamás volvió a visitar a mi madre, hasta esa noche maldita.

4

¿Por qué? ¿Por qué a mí? ¿Por qué un sueño te puede llegar a cambiar la vida? ¿Por qué una señora que no quería nadie en el barrio, entró en tu casa y a tu mente y no salió más de ahí? ¿Por qué me sentía cobarde y miserable cada vez que me recordaba desnudo con esa caja de latón entre mis manos? ¿Por qué mi madre había cambiado tanto? Tan poderosa es la mente humana, que ya no me dejaba tranquilo. Ya no era el mismo, no estaba feliz, me sentía triste y de mal humor. Y con el pasar de los días, no mejoraba; todo lo contrario: me sentía peor.

Me daban ganas de llorar, pero no podía. Sentía una angustia inexplicable. Solo dos personas sabían del temor y de las emociones que me abordaban: uno era mi gran amigo Jeremías, el primero en saberlo; el otro fue mi hermano Amadeo, un tanto menor que yo, pero de una prudencia de un hombre adulto. Él se dio cuenta de lo mal que me veía, y como cada día iba empeorando, me pidió que fuese sincero. Amadeo irradiaba confianza; además, era mi hermano menor, así es que la llaneza era mutua.

Me explayé como nunca, le conté con lujo de detalles lo del sueño y también traté de explicarle el temor que le tenía a la señora Ernestina, la vieja bruja del pueblo. Amadeo comprendió muy bien y, de cierta forma, fue muy empático.

Cada vez que recuerdo el sueño o pesadilla, me llega a la mente ese olor a flores y esa espesa niebla. Nunca tuve miedo a nada, a los 19 años uno siempre se encuentra lo bastante macho como para no temer. Mis abuelos contaban historias de hombres lobo, de vampiros, del siempre y bien ponderado tué-tué y cómo, al llamarlo por las noches, en especial los días martes, y ofrecerle algo, al otro día el tué-tué se convertía en humano y visitaba a la persona que le llamó la noche anterior. A pesar de esos cuentos de terror, la verdad nunca sentí miedo; solo esa vez que tuve ese sueño y las veces que veía a la Sra. Ernestina. Además, ese olor lo recuerdo tan profundo, tan enérgico.

Mi papá siempre decía: «Si hay olor a flores, es porque la muerte anda cerca». Y ese aroma, ese maldito aroma todavía lo tenía adosado a mi nariz. Me incomodaba pensar en lo que decía mi papá. ¿Y si fuera cierto? Si el olor a flores de cementerio de verdad traía consigo la muerte... Yo no quería morir, ni sufrir de ese pánico incontrolable.

A pesar de ese temor, no fue impedimento para mi creación. Es más, Amadeo y Jeremías observaban cómo yo, Gilberto Navarrete, un joven con tan solo 19 años, podía realizar algo como eso. Mi primer invento... Al fin la terminé, mi caja negra. Amadeo la bautizó como callana; nunca tuve idea del porqué de ese nombre, pero en ese momento como que calzaba. ¡Ah!, dejando de lado el espanto, el miedo, temor, pánico y todos sus calificativos, fueron horas y horas de trabajo. De recordar ese sueño o pesadilla, trabajaba en un estado autómata; no me daba hambre ni sed, parecía estar embrujado. Solo quería terminar rápido mi obra de arte, mi caja negra, mi invento. ¡Sí!, mi invento para tostar el trigo. ¡Mi maldito invento!

5

Eran alrededor de las dieciocho horas. Estaba casi oscuro, ni un alma en el camino y entraba una niebla bastante espesa. Todavía me quedaban como doce cuadras por caminar; no cuadras normales, sino cuadras de campo. Esas son mucho más largas, casi el doble, por lo general. De solo pensar en recorrer esa distancia a oscuras, me volvía el pánico, la rabia, la ira, sobre todo la impotencia de no poder controlar lo incontrolable. Mis manos comenzaban a mojarse en transpiración, mis piernas temblaban como dos hebras de lana; las sentía frágiles, debiluchas.

No había ruido alguno en el camino, ni siquiera el trinar de un ave, o algo mejor, un perro que me quisiera acompañar. No quería pensar en nada, pero la angustia era más grande. El camino se ensanchaba a ratos y luego volvía a la normalidad, un camino oscuro de piedras grandes, en muy mal estado para carretas. Nadie a lo lejos, no se veía nada en absoluto. De repente, escucho mi nombre: «¡Gilberto!, ¡Gilberto!». Luego, divisé una luz muy tenue. En ese instante, me llegó el alma al cuerpo. Era mi amigo Jeremías, que traía de vuelta una carretilla, la cual ocupaba para llevarles alimento a los cerdos de su tía, junto con una vela a mal traer.

Lo abracé como nunca; él tenía claro el porqué de ese abrazo tan apretado. Sabía de mi temor y estaba muy preocupado por mi estado de salud. Ese pánico me estaba matando por dentro, y lo peor de todo es que no podía contarles a mis padres, y menos a mis hermanos mayores. ¡Cómo se burlarían! «¡Ja, ja, ja! Tenemos un hermano miedoso. ¡Ja, ja, ja!». No, no; de solo pensar, sabía que no podía contarle a nadie. Además, me podrían encontrar hasta vesánico. Incluso, me estaba cuestionando si era normal o no lo que me estaba sucediendo.

Contaba solo con Jeremías y con Amadeo y, gracias al primero, que me llevó de vuelta a casa, es que pude lograr recuperar el color, pude sacar el habla de forma normal y tratar de comportarme de manera civilizada. Una vez llegué a casa, no puedo negar que a mi cuerpo le costó demasiado volver a la normalidad, si no es por Jeremías.

Amadeo, apenas me vio, notó algo raro. Él estaba muy afligido. Había días que estaba muy bien, me veía feliz. En cambio, otros, solo quería desaparecer. El pánico era mayor a mi voluntad.

Al día siguiente, después de almorzar una rica cazuela de campo, de esas cazuelas únicas en aroma y sabor, de esas que llevan choclo, porotos verdes, zapallos; o sea, una cazuela como solo mi madre las preparaba, llegó a casa mi amigo Jeremías. Necesitaba de forma urgente hablar conmigo y con Amadeo. Se encontraba presto, ansioso y a la vez temeroso. Nunca lo había visto así, parecía como si estuviese atravesando una crisis.

Con rapidez, los tres salimos al patio. Jeremías no emitía palabra alguna. Amadeo y yo nos mirábamos y, a la vez, nos preguntábamos qué le sucedía. De repente, en un santiamén, Jeremías pegó un brinco desde una pequeña roca sin sentir malestar en su pierna y nos pidió que nos alejáramos más de casa, que fuésemos a caminar a otra parte. Lo que tenía que contarnos era de mucha importancia y, supuestamente, utilidad, pero nadie tenía que enterarse.

Se relajó un poco, tomó aire y comenzó a explicarnos de qué trataba su plan. Me dijo:

—Si quieres recuperarte, si quieres volver a tu vida normal, tienes que enfrentarte a ella. Es la única solución posible que veo, Gilberto. No veo otra forma. Por eso, Amadeo, también necesito contar contigo y salir en busca de la Sra. Ernestina.

—¿Qué? ¿Cómo se te ocurre? Con solo verla me paralizo.

—No veo otra solución. Además, es obvio que no es una bruja; menos habrá hecho un pacto con don Sata.

Amadeo y yo nos miramos.

—Si sirve para controlar tu pánico, cuenta conmigo —dijo—. Y ambos tenemos que charlar con ella. ¿Recuerdas esa noche de lluvia, cuando se voló el techo del gallinero? Justo esa noche que no estaba nuestro padre.

—¡Sí, perfectamente!

—Bueno, desde ese día nuestra madre cambió y ya no es la misma. Necesitamos respuestas. Necesitamos saber qué fue lo que le dijo a nuestra mamá, qué la dejó hasta el día de hoy tan mal.

Los rumores decían que se había marchado hacia la cordillera. Otros, decían que se había ido a la costa. Otros suponían que estaba escapando del demonio porque había realizado un pacto con el diablo. En fin, eran muchos los rumores. Lo único que sabíamos con claridad es que, de alguna u otra forma, teníamos que encontrarla. Por una parte, lo deseaba más que nadie, pero por otra, mi cuerpo daba señales negativas.

Muy poca gente hablaba con ella; mejor dicho, casi nadie. Ni nuestra mamá sabía el paradero de su amiga. Su dirección actual era una verdadera incógnita y nuestra misión era dar con su nuevo domicilio. Recorrimos las calles y los rincones más apartados, le preguntamos a casi la totalidad de la comunidad, hicimos guardia muchas veces afuera de su casa, pero esa morada no daba señal alguna de vida.

Jeremías, con su metro ochenta de estatura y el más valiente por su edad, nos preguntó:

—¿Y si entramos a su casa? ¿Qué les parece?

Antes de que contestáramos, se adelantó y nos dijo:

—Se piensa y se hace. A lo mejor ahí encontramos algún indicio de a dónde fue a parar... Esa noche no dormí nada en absoluto. Horas y horas de insomnio, pensando y pensando en cómo lo haríamos. No es legal entrar a un domicilio, y menos si ahí no vive nadie. ¿Qué encontraríamos en esa casa?, ¿qué pasaría si ella se encontraba muerta en su dormitorio?, ¿si de verdad es una bruja?, ¿si de verdad hizo un pacto con el diablo? Se me pasaban mil cosas por la mente. Las horas avanzaban y no tenía nada de sueño. También sentía como arena en los ojos. No podía dormir; era imposible conciliar el sueño.

A la mañana siguiente, muy temprano, nos visitó Jeremías. Tenía los ojos rojos y se veía muy cansado. Al parecer, tampoco había dormido lo suficiente. Lo invitamos a desayunar y, obvio, contestó con un sí. Él jamás se negaría a los placeres de la comida. Mientras se lavaba muy bien las manos, mi madre nos preparó una rica paila de huevos con queso, aprovechando también la estufa y calentando ese delicioso pan amasado. Una vez terminado el desayuno, nos fuimos a mi dormitorio con el pretexto de estudiar historia. ¡Se venía el plan!

6

Analizábamos la hora, la fecha exacta, quién entraría primero y por dónde, qué vestimenta llevaríamos, si Jeremías entraría o no a la casa, las palabras claves y los silbidos en caso de salir corriendo. Teníamos que preparar todo muy bien, tenía que ser un plan perfecto; no podíamos dejar nada al azar.

La casa era de dos pisos, tenebrosa de apariencia, muy antigua, de color café pero sin casi nada de pintura. Tenía un antejardín sin rejas y con un letrero grande que decía «Se vende». En nuestra última reunión, quedamos en que lo haríamos un día de semana, tipo dos de la madrugada, para no llamar la atención de la policía (Carabineros de Chile), institución creada hace muy pocos años. Jeremías sería como el soplón, nuestro espía, el que nos avisaría desde afuera en caso de que apareciera alguien. Tendría que estar muy despierto y atento a nuestros gestos, ruidos, silbidos, etc. Por ese motivo, horas antes del encuentro, lo obligamos a beber mucho café y bien cargado.

Llegó la noche. Los nervios me tenían en ascuas. Tuvimos que salir a escondidas con Amadeo. Todavía recuerdo que caminamos descalzos por varios metros para no meter bulla y levantar sospechas. La noche estaba serena, pero a punto de llover. Llegamos a la esquina de la cuadra y ahí estaba nuestro fiel y querido amigo, Jeremías, con su cojera habitual, pero hoy con un poco más de dolor. Según él, era el ambiente, los nervios, pero dentro de todo, estaba más calmo que nosotros. Nos dimos un fuerte abrazo y, deseando lo mejor, tomamos rumbo a la casa, esperando que al término de esta misión encontráramos algo, alguna pista que nos satisficiera. Sería penoso volver con las manos vacías.

Como habíamos acordado, Jeremías se quedó en un costado observando todas las direcciones posibles. Eran cerca de las dos de la madrugada; en ese momento, un silencio de ultratumba se apoderaba del ambiente que, además, servía para escuchar hasta las pisadas más sutiles de algún bicharraco caminando por ahí. Amadeo y yo nos fuimos a la parte de atrás, buscamos una ventana abierta, pero, para mala fortuna, todas las ventanas estaban cerradas. Todo estaba hermético por completo. No nos quedó de otra que romper un vidrio. Tratamos de hacer el menos ruido posible, pero fue inútil; se escuchó a cuadras de distancia. Lo bueno es que, a esa hora, todo el pueblo estaba durmiendo. Esperamos unos minutos sin que nadie nos viera y, con mucho cuidado, logramos entrar...

Había avanzado más de una hora desde nuestra llegada a la casa y comenzaba a chispear. Jeremías tenía frío, dolor y no sabía nada de lo que estaba sucediendo en el interior. Para él, había transcurrido una eternidad, al igual que para nosotros. La diferencia la hacían las velas que llevábamos; velas chicas para no iluminar demasiado el interior y ser sorprendidos por algún vecino.

A esa hora de la noche, ya se estaba terminando la primera vela cuando escuchamos un ruido en el segundo piso. Ambos quedamos congelados.

Nunca en mi vida había sentido tanto miedo; un escalofrío recorrió mi cuerpo que, en ese instante, estaba inalterable, sin aire, sin respuesta, sin poder mover un músculo. El pánico me enajenó de forma total, perdí hasta la noción del tiempo; no sabía qué hora era, qué andábamos buscando y menos supe qué fue ese ruido. Ahora, con el pasar de los años, supongo que podría haber sido un ruido blanco, pero en ese entonces no existían televisores ni aires acondicionados para las casas que lo produjeran, y más aun sabiendo que esa morada estaba deshabitada, desolada por completo.

Jeremías nos pegó un silbido, como si él supiera lo que sentíamos en ese preciso momento estando en el interior, y salimos de ese lugar de manera rauda. Un lugar lúgubre por la noche, pero de seguro si hubiésemos entrado de día, habría sido una casa común y corriente; o tal vez no.

No alcanzamos a conversar mucho y nos dispusimos a abandonar el lugar, tal cual por donde llegamos, con la condición de juntarnos al otro día a charlar sobre el tema, y si fue buena o no la idea de infringir la ley entrando en una casa deshabitada.

Transcurrió una semana completa en la que no pudimos conversar muy bien del tema, pues Jeremías sufrió de un resfrío que luego avanzó a gripe, por lo cual estuvo en cama siete días seguidos, a los cuidados y cariños de su madre y hermanas. Jeremías era el menor de cuatro hermanos; tres de ellos, mujeres. Por esto, era el regalón de la casa y él se hacía querer.

Una vez ya recuperado, los amigos volvieron a juntarse. Gilberto seguía con crisis de pánico, Amadeo continuaba preocupado por su hermano, y Jeremías con su dolor en la pierna que, a ratos, disipaba cuando recordaba a su amada del norte.

—¿Qué logramos con entrar a esa casa? Aparte de sentir el espanto más grande en mi vida… —dijo Gilberto.

Amadeo y Jeremías se miraron y no pudieron contener la risa; no podían parar de reír, pasaban los minutos y más se reían. Gilberto no entendía, hasta que se dio cuenta de que esa risa era de nervios. Los tres estaban muy nerviosos. Al cabo de unos minutos, ya no se mofaban, sino que de la risa pasaron al llanto.

—¿Qué vamos a hacer? No encontramos nada en esa casa, ni siquiera fuimos capaces de subir al segundo piso. Con tan poca luz, tampoco vimos nada. Una casa vacía. Es más; anoche volví a soñar con olor a flores y construyendo una callana. Sigo sintiendo temor, sigo pensando en que voy a morir, no sé qué hacer.

—¿Qué piensas hacer con la callana? —preguntó Jeremías.

Antes de que Gilberto respondiera, Jeremías le dijo:

—Mientras tanto, ocúltala. No la ocupes hasta haber conversado con la Sra. Ernestina. De seguro ella tiene alguna respuesta con respecto a lo que te sucede. ¿Lo prometes, Gil?

—Te lo prometo, mi querido amigo.

7

Habían transcurrido unos meses. Gilberto ya no tenía esas pesadillas tan seguidas y todo volvía a la normalidad, a excepción de la Sra. Elisa. Ella no era la misma persona de siempre; toda la familia se daba cuenta, pero nadie decía nada. Solo Gilberto y Amadeo pensaban lo peor: pensaban en una maldición, en una brujería realizada por su examiga, la Sra. Ernestina.

—Si eran tan amigas... Una bruja no puede ser tu amiga —razonaba Gilberto—. Y esa señora, estoy más que seguro, tiene que ver con lo de mis pesadillas, con lo que le sucede a mi madre y el pánico que le tengo a esa señora. Te lo aseguro, Amadeo, el día que la encontremos va a cambiar nuestro destino, va a cambiar nuestra historia, nuestra vida, ya sea para bien o para mal. Pero, primero, tenemos que encontrarla.

A la tarde siguiente, Jeremías volvió a visitar a sus amigos de siempre, pero esta vez con una buena noticia. Por fin había encontrado la dirección actual a la cual se había trasladado la Sra. Ernestina.

—¡Amigos! Les traigo el nuevo domicilio, la nueva morada de la bruja.

—¿Estás seguro? —preguntó Amadeo.

—Seguro como que me llamo Jeremías Bahamóndez.

—¡Cuenta, cuenta! —dijo Gilberto.

—¿Les suena Cachapoal, el cerro Cachapoal?

Ambos hermanos se miraron y siguieron prestando atención.

—El cerro Cachapoal está a unos veinte kilómetros al oriente de nosotros. Es un cerro donde, supuestamente, se escondían los Pincheira, una banda de criminales del siglo XIX. Criminales que azotaban toda la zona central de Chile. ¡Ah!, y lo mejor, queridos amigos, es que, en la cumbre del cerro, se encuentra un antiguo cementerio. ¿Les calza, les cuadra? ¿Ahora entienden por qué la bruja se fue a vivir a ese cerro?

Si los vecinos que me contaron del nuevo domicilio tienen razón y ella se encuentra pernoctando en dicho lugar, es porque, queridos compañeros, estamos frente a una verdadera bruja o a la maldad en persona. Y, en ese caso, tenemos que ir muy bien preparados; mejor preparados que cuando fuimos a la casa. Vamos a tener que estudiar sobre demonios, brujas, hechiceros, leer bastante y tener mucha fe en Dios.

»Nos prepararemos muy bien. Es más; estuve averiguando, y créanme que conozco a la persona indicada con la cual tenemos que entrevistarnos si queremos hacerle frente a la Sra. Ernestina, y también a dónde tenemos que ir. Eso sí, para continuar con esta misión, tendríamos que viajar al norte, a la ciudad de Linares, para ser más precisos. Y para eso tenemos que quedarnos unos días, por lo cual prepararemos una muy buena excusa para abandonar nuestras casas. Hoy en la mañana estuve meditando bastante sobre el tema y creo tener listo el plan.

—¡Tienes todo preparado, por lo visto! —le dijo Gilberto.

—No dejo nada al azar —le contestó Jeremías—. ¿Les parece si inventamos que yo los invito para la casa de mi abuelo en Parral? ¿Les parece bien?

Gilberto y Amadeo asintieron con la cabeza.

8

—En la ciudad de Linares, hace más de un siglo, creo que por ahí por 1800, un cura de apellido Somoza maldijo el pueblo. Una maldición en la que, hasta el día de hoy, los linarenses creen. Se presume que dicho sacerdote católico tenía relaciones sexuales con una criada, cosa que él desmintió en más de una oportunidad. Pero fue tanto el dolor que le causó la gente, que un día se encaminó a la plaza de armas y, en cada una de sus esquinas, vociferó a los cuatro vientos, asegurando que la ciudad de Linares jamás sería próspera, que habría miseria en cada uno de los hogares, que Linares nunca crecería y que esta maldición duraría por siglos.

—¿De dónde sacas tantas cosas? —preguntó Gilberto.

—¿Se les olvida que mis abuelos son de Parral, y Parral está muy cerca de Linares? Y recuerden el dicho: «En pueblo chico, infierno grande». Esa maldición ha recorrido toda la zona central. Ahora, piensen un poco: si un cura, sacerdote católico, pudo hacer una maldición, ni me imagino lo que puede hacer la Sra. Ernestina en ese cerro. Insisto, mis queridos amigos, tendremos que prepararnos muy bien.

Además, en Linares está el contacto que andamos buscando y, de seguro, esa persona nos ayudará a descifrar y descubrir la verdadera historia de la Sra. Ernestina, y si es que en realidad ella nos puede ayudar, o todo lo contrario.

9

La recuerdo jugando en la tierra, sola, sin nadie más. Pequeñita, con su pelo liso, largo y negro; un negro azabache de esos negros, negros. Todos los días pasaba cerca de nuestra casa en el campo, descalza, con muy poca ropa. Además, bastante estropeada y cantando en un tono muy suave, la ronda *Juguemos en el bosque*. Las malas lenguas decían que era hija de un Tué-tué, y como estábamos en Rari (localidad de brujos) todo podía ser posible. Por eso, no tenía amigas ni familiares. Lo cierto es que esa pequeñita, alrededor de los 7 años de edad, estaba en completo abandono.

Al pasar cerca de ella, se notaba lo desaseada que estaba; al mirarla con detenimiento, se veía cómo le caminaban los piojos por su cabeza, además de expeler un muy mal olor. Por cómo se veía, se notaba que no era muy amiga del agua. Esa era su rutina: vagar y vagar por el campo, rogando limosnas.

Una tarde de otoño, mi esposo Juan estaba terminando de degustar ese rico plato de porotos con riendas que tanto le gusta. Demasiado pensativo, me miró fijamente y, de sopetón, preguntó:

—¿La quieres adoptar? —mientras se llevaba la cuchara a la boca.

Él tenía claro que nosotros no podíamos tener hijos, y una de las cosas que yo más deseaba en el mundo era ser mamá. A la vez, también se daba cuenta de que esa pequeña no sobreviviría sola en la precordillera, y menos en un invierno tan crudo como el que se avecinaba.

—¡Me encantaría! —le dije.

Me miró, saltó de su silla y me abrazó como nunca lo había hecho. Luego de unos segundos, me dijo:

—¡Hagamos pasar a nuestra hija, entonces!

Al comienzo, se podría decir que todo iba normal. Ella era una niña muy solitaria, callada, con una mirada profunda, sin hábitos de higiene ni de modales, pero que, con el pasar de los meses, los fue aprendiendo y asimilando.

Juan tenía 20 años; dos más que yo, y Emilia, nuestra hija adoptiva, ya cumplía tres estando con nosotros. Ambos quisimos que su nombre fuese igual al mío, para seguir con la tradición. A esa fecha, calculábamos que debía tener unos 10 u 11 años de edad, ya que no teníamos documento alguno de su fecha de nacimiento, y menos dónde había nacido.

Todas las tardes me sentaba junto a ella en una silla de mimbre a enseñarle a bordar, también aprovechaba de contarle mis historias de niña y, por la tarde-noche, Juan se encargaba de enseñarle el alfabeto, pues yo no sabía leer. Pero ese gran detalle no fue impedimento para criarla a nuestra imagen y enseñarle principios y valores. Nosotros éramos pobres, humildes, pero de muy buen corazón, sobre todo mi gran amor, Juan.

Una tarde de primavera, Emilia desapareció. Recuerdo muy bien ese día, ya que al alba había un sol maravilloso, y en la tarde un temporal como nunca visto por acá en Rari. Mucha lluvia y viento bastante fuerte, que a ratos disipaba. Era un clima demasiado extraño: sol a ratos, aguacero y viento incontrolables, pero salía el sol de forma tenue. Daba la impresión de que algo no andaba bien; es más, se lo comenté ese día a Juan.

—¡Juan, algo va a suceder! Tengo un mal presentimiento.

Terminado lo que dije, entró una niebla muy espesa, la tarde se oscureció, el clima estaba denso, no se lograba ver nada. En ese instante, nos dimos cuenta de que Emilia no emitía señal de vida. La niña no estaba en la casa; había desaparecido.

Tres meses buscándola por cielo, mar y tierra. Nada. Nada de nada, como si nunca hubiese vivido con nosotros. El dolor nos calaba hondo; era nuestra pequeña, nuestra Emilia. Nos levantábamos muy temprano para seguir buscándola. Tenía que estar en algún lado, no podía desaparecer así como así. Recorrimos todo Rari, toda la precordillera, todo Panimávida, y nada. Los ríos, canales, pozos, vertientes, y nada. No logramos dar con su paradero; desapareció de la faz de la tierra. Continuar así era un dolor intenso e inmenso.

Nuestra pequeñita que llegó a dar alegría a nuestras vidas ya no estaba. Meses de angustia y de llanto, meses de no querer vivir, de no querer respirar, de no querer comer, de no querer nada en absoluto. Estábamos demasiado atribulados. De los vecinos, nada que decir. Nos ayudaron lo más que pudieron; muchos hacían guardia de noche, por si en una de esas aparecía nuestra pequeña. Otros realizaban oraciones en sus respectivas casas, encomendándose a Dios; en fin, toda la comunidad de Rari estaba con nosotros en estos difíciles momentos de angustia y dolor.

Habían transcurrido tres meses exactos de su desaparición. Estábamos en casa descansando, si se podría llamar así, cuando de repente se comenzó a sentir una fuerte lluvia que llegó de improviso, y no solo lluvia: también un fuerte viento acompañado de granizos. Era bastante inusitado, puesto que estábamos a punto de comenzar el verano. La lluvia continuó con mucha fuerza, el cielo comenzó a oscurecer y, en cosa de segundos, hubo un término abrupto. La casa quedó en absoluto silencio, ya no había lluvia, granizos ni viento; solo un silencio sepulcral y una niebla muy espesa que comenzaba a calar en lo profundo del sector.

Cerramos muy bien las puertas y ventanas con sus respectivas trancas. Algo iba a ocurrir esa tarde, lo presentía. Pasaron varios minutos, nos mirábamos con temor, Juan me pedía calma y yo tenía mucho miedo. Siempre se ha comentado de las brujerías en Rari, de los pactos con el diablo y de los Tué-tué, de los cambios abruptos del clima, pero jamás pensé que algún día lo viviría. Es muy difícil de explicar; es una mezcla de temor y angustia, de no saber qué sucederá.

Pasaron las horas y todo volvió a la normalidad. Luego de lo ocurrido, Emilia comenzó a preparar la once. Ambos estaban confundidos con lo que habían vivido y lo conversaron mucho, sin encontrar explicación. Se preparaban para ir a dormir cuando, en ese instante, escucharon un ruido muy extraño, como si algo se hubiese posado en el techo. Juan preparó la escopeta con la que salía a cazar y, con sigilo, abrió la puerta principal de la casa. No había nada ni nadie. Revisaron atrás, adelante, por todos los sectores, y no encontraron rastro ni señal alguna de ese ruido. Juan puso la escalera con la intención de subir al techo, cuando de sopetón escuchó a su esposa gritar:

—¡Juan!, ¡Juan!, ¡Juan! ¡Ven, ven, corriendo!

Al entrar a su casa, Juan vio a su esposa con su hija Emilia de la mano.

—¡Llegó! ¡Llegó, Juan! ¡Un milagro, un milagro! ¡Llegó nuestra pequeña!

Emilia no decía ni una palabra; solo quería estar abrazada a su madre. Juan no entendía nada en absoluto. ¿Cómo llegó?, ¿por dónde entró?, ¿dónde estuvo estos tres meses?

—¿Por qué no habla? —Juan pensaba en voz alta—. Algo raro está pasando. ¿Será un milagro o una maldición?

—¡No hables tonteras, Juan! ¡Obvio que es un milagro!

Al otro día, cuando ya estaba todo en calma, se percataron de que la pequeña Emilia tenía una marca bastante grande en su mano derecha. La observaron con detención y concluyeron que esa marca era una quemadura.

—Emilia, cuéntame qué te sucedió en la mano —le decía su madre.

Emilia no emitía sonido alguno. No era la misma niña que ellos habían adoptado; físicamente sí, pero algo raro estaba sucediendo dentro de su interior. Algo que, con el pasar del tiempo, ambos entenderían.

10

Faltaba muy poco para dar inicio a las fiestas patrias. Una semana de dicha, de compartir con los vecinos, de comer y beber, celebrando la independencia de Chile, participando de juegos populares, carrera en sacos, palo encebado, pero sobre todo, bailar bien zapateada la cueca. Cueca de campo; no de esas cuecas que bailan las mujeres de la capital, donde se visten con prendas muy refinadas. Acá en Rari se baila la cueca como la quieran bailar y con la vestimenta tradicional que se usa en el campo. Solo es necesaria una buena vihuela, una chuica o dama Juana de vino y un buen cantor o cantora. Nos esperaba una fiesta plena, un 18 feliz.

Faltando un día para comenzar las fiestas, ocurrió lo impensado pero esperado: comenzó a llover y de forma muy intensa. Estuvo precipitando toda la semana sin parar, con fuertes vientos que hacían que los árboles parecieran ramas escuálidas. En la tercera noche de esa semana de lluvias, al amanecer encontraron dos animales muertos. Una era la vaca del vecino Pedro, un hombre tranquilo que vivía solo, ya que, por desgracia, había enviudado hace como un año. Y el otro animal muerto era del vecino Jacinto.

De por sí, es raro lo sucedido, pero lo más extraño es que ambos hombres aseguraban haber escuchado ruidos extraños como a la misma hora, además de una voz de niña, justo en el sector donde pernoctaban los animales. El otro suceso extraño fue que, al momento de encontrar a las bestias, ambos tenían mutilada su cola y una quemadura en una de sus patas.

Los vecinos que conocían el sector por muchos años y hasta los ancianos que nacieron en Rari decían que era obra de una bruja, que todo calzaba: la muerte a la misma hora, ambos con una marca, el cambio presuroso del clima, la mutilación, etc.

A la mañana siguiente, todos los jefes de familia del sector se reunieron por más de tres horas en la casa del anciano mayor de la localidad, analizando cada detalle de las aniquilaciones. Concluyeron, sin lugar a dudas, que dichas muertes eran obra de la brujería, dando lugar al siguiente paso: descubrir a la bruja o al brujo.

Lo primero fue buscar huellas, rastros de algún otro animal o de cualquier cosa ajena a la muerte. Los vecinos, junto con sus perros, recorrieron de forma minuciosa todo el sector, hasta que dieron con unas huellas. Eran muy pequeñas; se notaba que eran de niños, por lo pequeñas y angostas. Podrían haber sido de alguien mayor que tuviese el pie pequeño, pero, por lo general, una persona adulta suele tener el pie más ancho.

Jacinto le preguntó al resto de los vecinos:

—¿Alguno de sus hijos anduvo ayer de noche, salió sin permiso o alguno de los chiquillos se ha escapado de casa?

En ese instante, Emilia recordó que ese día, cuando levantó a su hija de la cama, tenía los pies con un poco de barro. En aquel momento no le llamó mucho la atención, pero ahora, al escuchar a su vecino Jacinto, no quiso decir nada. Le entró una duda llena de temor; su corazón se aceleró al máximo. Lo primero que hizo fue ir donde Juan y contarle lo sucedido. Juan jamás se lo imaginaría, pero de todas formas, igual que a Emilia, le quedó la duda.

Ambos, al llegar a casa, iban decididos a conversar con su pequeña. Es más; iban meditando cómo tocar el tema. Mayor fue la sorpresa que se llevaron cuando, al abrir la puerta principal de su casa, Emilia los estaba esperando con dos colas de vaca en sus manos.

—¡Esto es para ustedes! —sonrió con una voz macabra, nunca antes escuchada por ellos.

Al cabo de un par de segundos, la pequeña Emilia se desvaneció sobre un sillón, perdiendo el conocimiento. Juan y Emilia quedaron perplejos, ambos se miraron sin tener alguna respuesta lógica a lo que acababan de presenciar. Juan abrió una botella de vino añejo y bebió sin parar, sentado en su sillón de mimbre. Emilia, en cambio, se preparó un agua de yerbas mientras observaba a la pequeña, dando rienda suelta a su imaginación.

Al día siguiente, después de haber meditado mucho sobre lo ocurrido la tarde anterior, Emilia y Juan se acercaron al dormitorio de la pequeña Emilia y esperaron que se despertara para poder abordar el tema. La pequeña durmió más de diecisiete horas continuas. Al abrir los ojos, saludó a sus papás como si nada extraño hubiese sucedido el día anterior. Ambos la miraron fijamente y ella no se daba por aludida, hasta que Juan le mostró las colas de los animales muertos.

—¡Papá! ¿Qué es eso? —exclamó la pequeña Emilia.

—¿No lo recuerdas? —interrogó Juan.

—¿Recordar qué? —le preguntó Emilia.

Ambos salieron de la habitación, teniendo en cuenta que Emilia no recordaba nada.

El matrimonio decidió jamás contar lo sucedido a nadie; solo tocar el tema con el cura del pueblo de Panimávida, ya que él les podría dar alguna explicación lógica, si es que la hubiera. Lo conocían de hace muchos años y esperaban que todo lo que se conversara, cuando fuese el momento, quedara a modo de confesión. Ellos tenían mucha fe y eran muy creyentes en lo divino. Por ende, a la pequeña Emilia siempre la veían como un regalo de Dios.

Fue al domingo siguiente que la familia en pleno visitó la localidad de Panimávida. La tarea de Emilia era siempre darle la misión a Juan a la hora de comunicar algo. Según ella, su esposo tenía más palabra y podría expresarse mucho mejor. Juan se fue raudo a la parroquia a visitar al padre Ramón, un cura con un rostro amable, de baja estatura, rondando los 30 años de edad, con una barba tupida y prominente. Se conocían desde hace muchos años, incluso se podría decir que eran amigos.

Mientras Juan esperaba que lo atendieran, observaba con detalle lo precioso que era estar dentro de ese templo. Disfrutaba mirando los santos de yeso y cómo la gente le rendía pleitesía a san Sebastián. Mientras eso ocurría, madre e hija paseaban por los alrededores de la iglesia. «¡Un bosque precioso!», exclamaba la pequeña Emilia. Le encantaba recorrerlo junto a su madre cada vez que bajaban a Panimávida a buscar enseres. Disfrutaban caminar juntas y conversar cosas de mujeres.

Al cabo de un par de horas, Juan salió de la iglesia junto al padre Ramón. Ambos muy serios, como con la cabeza en cualquier parte. Se dieron un fuerte apretón de manos como despedida. Juan, junto a su esposa e hija, caminaron alrededor de dos cuadras hasta donde se encontraba la carreta estacionada. Subieron y, con prisa, tomaron dirección a casa. Eran las cinco de la tarde y estaba comenzando a hacer mucho frío; de ese frío de septiembre, de ese frío que cala los huesos, que solo lo han vivido quienes han recorrido la precordillera de la zoxna central. Fue un largo trayecto, sin decir ni comentar nada frente a la niña.

Una vez llegaron a casa, avivaron el fuego de la estufa, tostaron pan y prepararon la once, esperando que llegara el anochecer para estar más tranquilos, solos, y así poder conversar sin temor a ser escuchados por su pequeña.

Y fue así como, alrededor de las veintitrés horas, ambos se sentaron junto a la estufa, acompañados de un vino caliente con torrejas de naranja y canela (navegado) a conversar sobre el tema.

—El padre Ramón quedó muy sorprendido con lo sucedido. Recuerda, Emilia, que el padre no lleva muchos años en el sacerdocio —le comentó Juan—. Es más, lo noté muy asustado. Apenas comencé a contarle, su rostro se volvió lívido, al igual que el mío, cuando comenzó a relatar lo siguiente: según él, esto es obra de Satanás y nuestra pequeña podría ser una de sus hijas. ¡Sí, aunque no lo creas! También me pidió que, por favor, no lo divulgue a nadie, que sea un secreto de por vida.

»Sucede que el padre Ramón, en uno de los viajes que realizó a la ciudad de Roma, tuvo un encuentro con un sacerdote que trabajó durante muchos años realizando investigaciones para el ala secreta de la Iglesia católica; dicha investigación la realizó en un antiguo monasterio al norte de Italia, el Monastero di Torba, el cual le enseñó unos escritos muy antiguos que datan del siglo primero. Estos escritos están ocultos por la Iglesia católica; no pueden salir a la luz, son libros furtivos. Libros que, por lo demás, están escrito en arameo, y estos textos hacen mención a que Satanás tuvo tres hijos en forma humana: Mammón, Belial y Emily, los tres hijos del demonio. Supuestamente, tienen una marca de quemadura en una extremidad de su cuerpo y los tres vagan por el mundo terrenal sin conocer su verdadera procedencia, hasta cumplir los 18 años. Al llegar a esa edad, ellos sabrán la verdad; si fue una maldición o bendición haber nacido hijo del diablo. Después de haber cumplido la mayoría de edad, ellos lograrán entender quiénes son y para qué están designados.

»En uno de los párrafos que fueron traducidos al español, dice: «Uno de los tres podrá hacer el bien siempre y cuando su alma vuelva a quien la creó, o sea Satanás, y luego el ciclo se repetirá por siempre y hasta la eternidad».

—Juan, tú no crees en lo que te contó el padre Ramón, ¿cierto? Tú sabes que yo soy católica y que creo en la bondad de la gente.

—Sí, lo sé —le contestó Juan—. Pero donde hay bondad, y tú también lo sabes, Emilia, siempre habrá maldad.

11

Preparamos la carreta, los caballos, la ropa y partimos rumbo al norte. Llegar a Linares era el objetivo; una aventura única llena de misterio que esperábamos resolver lo antes posible.

Más de dieciocho horas, incómodos arriba de la carreta, para recorrer como ochenta kilómetros. Estábamos muy cansados; cada dos horas realizábamos una pausa para estirar las piernas y para darles agua a las bestias. Jeremías hacía de cochero y Amadeo solo trataba de dormir. Yo, por mi parte, no dejaba de pensar en la Sra. Ernestina, en la maldita pesadilla, en mi temor al olor a flores, en la callana, en la muerte.

A Jeremías le habían dado este dato: en Linares, en la parroquia Salesianos, se encontraba un cura que había realizado un exorcismo a una joven mujer, alrededor de unos 20 años de edad. Creían que estaba poseída por el demonio o maldecida por una bruja. Esto hace como unos cincuenta años atrás. Lo curioso, si fuese verdad, es que esa mujer supuestamente tenía una quemadura en una de sus manos; para ser más exacto, en la mano derecha, al igual que la Sra. Ernestina, y también coincidía con la edad que tendría ahora. Además, la Sra. Ernestina una vez le comentó a mi mamá que ella era de la localidad de Rari. Eso le llamó mucho la atención a Jeremías y, por ese motivo, se ensimismó e hizo hasta lo imposible por contactarse con el cura. En un principio, le habían dicho que era el tal cura Somoza, pero no cuadraba con la edad; si fuese él, tendría como 150 años. En definitiva, no era él.

Estaba por oscurecer cuando llegamos a la entrada de Linares. Con rapidez, tomamos la calle Delicias hasta llegar al final y dar con la iglesia. Cansados y con mucha hambre, bajamos despacio, observando lo imponente que se veía el templo con sus campanas en una de sus torres. Caminamos como cuarenta pasos desde la entrada hasta llegar a un pasillo al costado de la iglesia. Nos encontramos con una puerta de madera de color negro, toqué la aldaba que tenía un ángel como figura, y el sonido retumbó muy fuerte; a pesar de eso, no salió nadie.

Volví a tocar la aldaba, pero esta vez con más fuerza. Al cabo de un par de minutos, apareció un joven con una sotana que le cubría todo el cuerpo. Solo tenía los ojos a la vista. Preguntamos por el sacerdote del exorcismo, ya que no conocíamos su nombre, y menos a la persona. Le contamos que veníamos viajando del sur con la misión de poder conversar con él. Nos dijo que pasáramos y esperáramos ahí, en la entrada. Estuvimos como quince minutos observando en silencio y apreciando la casi total oscuridad. El ambiente era lúgubre, con un aroma intenso a incienso y a humedad.

Luego, apareció el joven de la sotana y nos invitó a la cocina. Nos sentamos cada uno en una silla y nos mirábamos sin decir nada. Era un cuarto bastante grande y con poca luminosidad. En eso, llegó otro joven que también usaba una sotana muy larga que le llegaba a arrastrar. Nos miró fijamente a los tres, nos saludó y se fue directo a preparar unos panes con queso, nos calentó una jarra de leche y nos pidió que nos sirviéramos rápido y en silencio. Luego, ambos se marcharon. Teníamos demasiada hambre y sed; en menos de un minuto, ya no quedaba nada, ni pan ni leche que beber.

Transcurrieron como veinte minutos más cuando llegó otro joven, también con la sotana muy larga, arrastrando hasta el suelo. Nos hizo un gesto con la mano, dando a entender que lo siguiéramos. Caminamos detrás de él como siete pasillos hasta llegar a un salón que tenía una apariencia como de sala de hospital, sacó un llavero grande de entre sus prendas y abrió la puerta del costado derecho del salón. Nos invitó a descansar cada uno en una cama y nos pidió que, por favor, no metiéramos bulla, que al otro día nos atendería el padre Ramón. Raudo, se dio media vuelta, cerró la puerta con llave y se marchó.

El cansancio pudo más y, en menos de un minuto, Jeremías y Amadeo estaban roncando. Es lo último que recuerdo.

Al día siguiente, nos despertaron alrededor de las ocho de la mañana. Uno de los jóvenes con sotana nos abrió el postigo de las ventanas para que entraran los rayos del sol a nuestro dormitorio, y nos invitó al patio una vez hubiésemos aseado nuestro cuerpo. Nos pidieron que entregásemos la vestimenta que usamos el día anterior y nos pasaron camisones estilo sotana, para usarlos mientras estuviésemos allá. Una vez estando en el patio, nos sentamos en una banca muy larga al borde de un mesón, con muchos varones; unos mayores, pero la mayoría eran jóvenes entre 20 y 30 años. Nos imaginábamos que eran estudiantes para cura, o eso creíamos.

Un desayuno exquisito: huevos, queso, quesillo, queso fresco, mantequilla y pan calientito. Teníamos tanta hambre que no nos dimos cuenta de lo rápido que acabamos el pan. Nos sentíamos perseguidos pero, a la vez, seguros de estar en la casa de Dios.

Una vez terminado el desayuno, todos comenzaron a levantarse del mesón, uno por uno, hasta que quedó, solitario, el más anciano de todos. Se veía como de unos 80 años de edad, por la forma de moverse y caminar. Se paseaba de lado a lado, y de cuando en vez nos miraba de reojo, como si quisiera decirnos algo... Dicho y hecho, en un santiamén se acercó a nosotros y, mirándonos fijamente y con una voz carraspeada, nos invitó a que fuésemos al patio. Caminamos bastante, como unas cinco cuadras hasta llegar a un bosque de eucaliptos. El día estaba hermoso y lleno de interrogantes, las cuales fuimos saciando por completo.

En efecto, ese señor mayor era el padre Ramón. Hombre de cabello cano, con bastantes pliegues en la cara y un bigote y barba rubios, no porque se tiñera el cabello, sino por el tabaco que estaba acostumbrado a fumar cada treinta o cuarenta minutos. Un cura distinto; se notaba en la forma de expresarse, con temor a algo maligno, según lo que nos contaba. Hasta ese día, recordaba con lujo de detalles aquel exorcismo que había realizado en las cercanías de Rari, hace como cincuenta años. Todavía revivía el rostro de esa joven al momento de extirpar al demonio: «Fue algo terrible que jamás volví a realizar», nos contaba.

Pasaron unos minutos y, un poco más calmo, nos relató toda la historia de dicho exorcismo, no sin antes averiguar el porqué de nuestra investigación. Fue una conversación muy larga, bastante extendida, donde el asombro y la sinceridad fueron de vital importancia para nuestra «tranquilidad». El padre Ramón nos aconsejó bastante, nos regaló una Biblia a cada uno, además de un crucifijo bendito, el cual él mismo abrochó a nuestros cuellos.

Ya era hora de almorzar; nos preparábamos para irnos, pero el cariño era más grande. Nos dijeron: «Almuercen. Durante la tarde, descansen, y prepárense para viajar mañana por la mañana». ¡Y a buenos entendedores...!

Nos levantamos muy temprano. Una vez más, disfrutamos de un delicioso desayuno. Nos despedimos de cada uno de nuestros anfitriones, en especial del padre Ramón, y retornamos a casa.

Fue un viaje igual de largo y cansador, pero más tranquilizador para todos. Sabíamos que la Sra. Ernestina era la pequeña Emilia, quien, por alguna razón, se había cambiado el nombre, y que sí era una persona especial. Por lo que comentó el padre Ramón, ella era un alma malévola que fue sanada, pero que no había que confiarse: debíamos ser prudentes y actuar con mucha inteligencia, que confiáramos en Dios y que él, el padre Ramón, siempre estaría rezando por nosotros.

12

Por fin ya estábamos en San Carlos. «¡No hay como estar en casa!», dijo Amadeo. Mientras bajábamos de la carreta y estirábamos las piernas, Jeremías se fue a su casa con la condición de que, al otro día, nos juntáramos a planificar el asalto al cerro Cachapoal. Nos dimos un fuerte abrazo grupal, y que sea lo que Dios quiera.

Nuestra madre nos recibió con el cariño de siempre, al igual que el resto de la familia. Mientras nos calentaba la comida, nos preparaba unas ricas churrascas. «¡No hay como estar en casa!», repetía Amadeo. Y de verdad que era así, a pesar de que nuestra madre seguía sin irradiar la alegría que la caracterizaba, pero sabíamos que eso cambiaría, para bien o para mal. Al cabo de un rato, fui al patio y entré al cuarto donde mi papá maestreaba.

Y ahí estaba, tal cual la había dejado, mi callana. De solo verla me recordaba la pesadilla y por todo lo que había pasado. Me arrodillé y comencé a rezar un padrenuestro, para continuar con el credo. Me hizo sentir bastante mejor, y eso me llevó a dormir mucho más tranquilo. El descanso fue más reparador, pero temporal.

13

Transcurrieron como cuatro semanas desde la entrevista que tuvimos con el padre Ramón. Por esas cosas de la vida, nos fue imposible preparar el viaje antes. Ahora, no era problema de Jeremías, sino que Amadeo y yo tuvimos que ayudar en el campo a nuestro padre. No pudimos negarnos; fue imposible decirle que no. Además, nuestro papá se portaba muy bien con nosotros, dándonos permiso para visitar Parral y para ir siempre a cualquier parte que se nos ocurriera.

A días de comenzar el verano, ya estábamos de vuelta en casa. Felices de volver a ver a nuestra madre y hermanos, felices de visitar a nuestro amigo Jeremías, de recorrer nuestro barrio, de poder planificar con tiempo nuestra visita al cerro. Sí, ese cerro donde supuestamente se encontraba la Sra. Ernestina o Emilia que, según el padre Ramón, es la misma persona.

¿Buena o mala?, ¿bruja o fanática? Son interrogantes que, de seguro, resolveríamos en ese viaje, en ese ansiado viaje.

14

Desperté con mi grito, grito que se escuchó a mucha distancia, un grito desgarrador. El primero en despertar fue Amadeo, ya que dormía en la misma habitación que yo. En menos de un minuto, mi madre estaba al pie del catre de la cama. Se le veía muy firme con su enagua rosada, pero a la vez muy asustada, preguntándose qué sucedió.

—Fue una pesadilla —le comentó Amadeo—. Una pesadilla que tuvo Gilberto. No te preocupes, mamá. No es nada del otro mundo.

«Ojalá no sea nada del otro mundo», pensó en silencio.

—¿Cómo te encuentras, Gilberto? Cuéntame —le dijo Amadeo.

Gilberto estaba muy callado, pálido, sin ganas de nada. De solo ver su rostro, daba miedo.

—Lo volví a soñar. Volví a soñar con la caja negra de latón, pero esta vez la caja era mucho más grande y ancha, y en su interior estaba Jeremías diciéndome adiós con su mano derecha, en la cual llevaba unas flores negras con máculas rojas.

»¡Tengo miedo, mucho miedo! No recuerdo muy bien; es un temor inefable que no me deja respirar, solo quiero llorar… ¡No me dejes solo! ¡Por favor, no me dejes solo! ¿Y ese olor a flores? Por favor, Amadeo abre las ventanas…

—No hay olor a flores —le dijo Amadeo.

—Lo siento, créeme que huelo a flores y ya no lo soporto más.

Luego de un rato, ambos volvieron a dormirse. Gilberto cayó como en un estado de trance. Durmió más de doce horas seguidas, las cuales no fueron para nada reparadoras porque, al despertar, se sentía más exhausto que nunca y con la sensación de temor encumbrada al cien por ciento. Durante la tarde, Gilberto se sentía cada vez más agotado. Decidió dormir una siesta, siempre y cuando Amadeo estuviera cerca de él. Su mamá no le daba mayor importancia; ella estaba en un estado de letargo constante desde el día en que vio por última vez a la Sra. Ernestina.

Amadeo, en cambio, miraba a su madre y a Gilberto con una sensación de impotencia en no poder sanarlos, en no poder encontrar la cura a sus males, en no poder gritar y desahogarse. En su lugar, tenía que observar cómo el tiempo se llevaba de a poco a sus seres queridos, cómo el paso del tiempo estaba haciendo desaparecer a Gilberto y a su madre, cómo el paso del tiempo acababa con su familia.

Mientras Gilberto dormía la siesta, Amadeo decidió escaparse por unos minutos a la casa de Jeremías. La sorpresa fue mayor cuando se enteró, por una de sus hermanas, que su amigo estaba hospitalizado en Chillán.

—¿Qué le sucedió? —preguntó Amadeo.

La hermana mayor no aguantó y soltó en llanto:

—¡No se sabe, no se sabe nada! Los médicos no encuentran la causa de su inapetencia, desorientación y locura. ¡Sí, locura! Él cree que está poseído por una bruja, una bruja de nombre Emilia, y que en cualquier momento lo va a venir a buscar.

Amadeo quedó perplejo y volvió corriendo a casa. No le importó el mal estado del camino, ni nada que pudiese interponerse entre él y su destino. La angustia era mayor. Solo quería correr, llorar, huir, desahogarse y gritar a los cuatro vientos: «¡Necesito ayuda! ¡Necesito ayuda, por favor!».

A la mañana siguiente, recordó todo lo que les explicó el padre Ramón, palabra por palabra. Además, él pensaba: «Soy el único que está más cuerdo que el resto. Mi madre, en un estado cansino y sin ganas de vivir; Gilberto, a punto de desvanecer; y Jeremías, hospitalizado por demencia...».

Amadeo planificó muy bien lo que se vendría: «Lo primero que tengo que hacer es dormir y recuperar fuerzas, porque se acerca una lucha bastante larga donde no sé si podremos salir victoriosos». Llegando la noche, Amadeo se arrodilló a un costado de la cama y se encomendó a Dios, pidiendo energía, tranquilidad, pero, sobre todo, rogando por sus amigos y familiares. Se dispuso a dormir.

A la mañana siguiente, después de haber descansado más de nueve horas, junto a Gilberto fuimos a visitar a nuestro amigo del alma, Jeremías. San Carlos está bastante cerca de Chillán, por lo que fue mucho más corto el trayecto que cuando fuimos a Linares. Estando ya en el hospital, no podíamos creer lo que estábamos viendo: Jeremías estaba irreconocible, pálido, ojeroso, con la mirada perdida y, lo peor de todo, amarrado al catre de la cama con unas cuerdas de lona y botando saliva por la boca.

Daba mucha pena, también molestaba sobremanera ese olor tan desagradable. Olor a hospital. Ese aroma a enfermos terminales, ese olor a desgracias, olor a pobreza; no a pobreza de dinero, sino a pobreza de alma. Olor a muerte, a término, a fin. Era nuestro amigo, nuestro mejor amigo, y verlo así nos descolocaba, pero, a la vez, nos daba más ganas de luchar contra el mal. Ese mal que nos acechaba y que nos tenía en ascuas desde hacía mucho tiempo. Pasaron unos cuantos minutos, y nos dimos cuenta de que Jeremías jamás nos reconocería; era más grave de lo que pensábamos: Jeremías estaba loco, y eso nos puso muy mal.

Nos tomamos un par de horas para asimilar lo que estaba sucediendo. Esperamos fuera del recinto hospitalario, sentados en una banca de madera bastante tosca, sin hallar qué hacer. Gilberto estaba cansado y con temor, con mucho temor; yo, por mi parte, bastante desorientado. Sabía lo que teníamos que hacer, pero ¿tendríamos la fuerza necesaria? Luego del descanso, volvimos al hospital a ver a nuestro querido amigo. No aguantamos la sensación de impotencia, de rabia y solo bastó un cruce de miradas para ponernos a llorar como verdaderos niños de pecho. Tratamos de conversar con él, pero solo hacía gestos con su cara, con los ojos desorientados, pidiendo ayuda a gritos.

La vuelta a San Carlos fue larga y dolorosa, sin hallar qué conversar. Solo pensaba en cómo poder dar solución a esta maldición, a esta desgracia que estábamos viviendo en vida. Jamás imaginé ver a mi hermano Gilberto tan atemorizado, a Jeremías en un estado de locura total, a mi mamá sin ganas de vivir.

15

El boticario me dijo que consiguiera esa yerba y que, con esa medicina, mi hermano saldría adelante. No me quedó otra que comprar el medicamento y, con la ayuda de Dios, esperar que todo saliera bien.

Tres semanas bastaron para que Gilberto volviera a la normalidad (normalidad a medias), ya que seguía con ese temor intrínseco, pero con fuerzas para luchar y dar con el paradero de la Sra. Ernestina. Durante este tiempo, Jeremías no evolucionaba. Seguía tal cual lo vimos por última vez. Según nos contaba su hermana, estaba con drogas por su seguridad, decían los médicos. Lo importante es que estaba vivo y que pronto tendría que mejorar; teníamos mucha fe.

Decididos a poner fin a esta maldición, preparamos el viaje como nunca. Nos preocupamos del más mínimo detalle y coordinamos muy bien todo el trayecto a recorrer; es más, tratamos de imaginar varias situaciones posibles que ocurrieran en caso de, por ejemplo: si la Sra. Ernestina no estuviera pernoctando en ese cerro, si nos equivocáramos al dar con la dirección exacta, si la maldita bruja estuviese muerta, si ella no tuviera nada que ver con todo esto, etc., etc. En definitiva, la suerte estaba tirada…

Antes de partir, Gilberto me pidió que fuésemos donde la Toñita. No encontré que fuese necesario, ya que no creo mucho en el asunto de las cartas; nuestra madre sí. Iba una vez al año, por lo menos. Pero no perdíamos nada; además, prefería creer en una bruja buena que en una mala.

Toñita era una mujer mayor, bastante amable y, al parecer, por todos los comentarios que hablaban de ella, una mujer muy honesta y dedicada a su trabajo. Según las vecinas, leía muy bien las cartas y las hojas de té. Gilberto quería estar un tanto más seguro. Confiaba en ella; por eso, su solicitud. No me quedó de otra y, el día antes de partir rumbo al cerro, fuimos donde la Toñita. Nos recibió muy bien, pero apenas vio a Gilberto su rostro se volvió hosco y temeroso.

Lo primero que hizo fue santiguar el lugar donde estábamos con agua bendita y con un incienso aroma a palo santo que esparció por todo el lugar. El ambiente estaba extraño; los tres lo notábamos. Toñita tomó las cartas y pidió a Gilberto que cortara el mazo mientras ella preparaba el té. Nos sirvió una taza a cada uno, estaba bastante caliente pero aromático, tenía un gusto especial. Le pidió a Gilberto que cortara el mazo de nuevo, las observó y, una vez más, le solicitó que las cortara. En definitiva, no estaba para nada contenta con lo que aparecía en el destino de Gilberto. Dejó las cartas a un lado y nos pidió que nos tomáramos el té. Nos demoramos un poco por lo caliente de la bebida, pero al momento del último sorbo, nos dijo:

—¡Paren! Déjenme el concho; necesito el sedimento de la taza para poder saber qué les sucede.

Al primero que le leyó la suerte fue a Gilberto. Se demoró lo suficiente como para preocuparse; luego, fue mi turno y se demoró otro tanto. En resumen, nos pidió que hiciéramos lo que teníamos que hacer y, a la vuelta, nos entregaría el resultado de la visita.

Gilberto quedó intranquilo

—Al parecer, no fue buena idea —le dije.

Tratamos de tomarlo con serenidad. Nos fuimos a la casa a descansar y preparar los bolsos para el día siguiente. Fue una visita perdida; encima, quedamos más preocupados que cuando llegamos.

16

Llegó el día. Nos levantamos muy temprano, tipo seis de la madrugada. Nuestra madre nos preparó un rico desayuno, como es habitual: pan amasado con queso y leche caliente. Luego, revisamos nuestro bolso y nos fuimos con destino a Chillán, a visitar a nuestro amigo. Esa fue la mentira que tuvimos que decir para poder salir de casa sin levantar sospechas. Cada uno ensilló su caballo, revisó las herraduras y, junto a Amadeo, nos fuimos a recorrer nuestro destino final. Eso era lo que pensábamos, era lo que temíamos que fuese a suceder.

Fueron como tres horas de viaje; tres horas de buena y grata conversación entre hermanos, tres horas de recorrer un largo camino lleno de árboles y áreas verdes, tres horas donde recordamos nuestra infancia y todo lo que eso conlleva, tres horas de una linda amistad y de hermosos recuerdos. Es más; íbamos tan felices que lo de la Sra. Ernestina pasó a segundo plano, al igual que el tiempo. No nos dimos ni cuenta y ya llevábamos tres horas montando a caballo, recorriendo parte de la precordillera de

Ñuble, hasta que dimos con el cerro. El famoso cerro que escondía a los Pincheiras, a los famosos malditos cuatreros que dejaron desolada la zona central. El mismo cerro donde se suponía tenía que estar la Sra. Ernestina.

Nos bajamos de las bestias y caminamos buscando alguna parte que estuviera a la sombra para descansar un momento. Sin querer, nos quedamos dormidos bajo un árbol inmenso; un gigante de madera que nos protegía del sol. Al despertar, nos percatamos que ya era de noche y que, en el lugar, no había ruido alguno. Ni de ave, ni de viento, nada de nada; solo nuestros caballos que estaban pastando alrededor nuestro. No puedo negar que esa sensación era singular y nos daba un poco de miedo. Amarramos los caballos y nos fuimos en busca de la Sra. Ernestina, la bruja. Muy bien preparados, con agua bendita, una Biblia cada uno, con nuestro crucifijo que nos regaló el padre Ramón y toda la fe del mundo en que la encontraríamos, pensando siempre en nuestra madre y nuestro gran amigo Jeremías.

Dimos vueltas y vueltas. Nos dieron más de la una de la madrugada buscando. Lo positivo es que había luna llena y no necesitábamos velas para alumbrar. Amadeo se sentía cómodo; eso sí, con bastante temor por todo lo que se suponía que vendría durante la noche. Yo, por mi parte, me sentía mejor que nunca; con unas ganas de poder encontrarme a esa señora y aclarar todo.

Seguimos caminando sin parar. Al parecer, nos habíamos extraviado cuando, de pronto, dimos con unas lápidas de mármol muy deterioradas. Seguimos caminando y nos encontramos con unas tumbas.

—¡Amadeo, Amadeo! ¡Mira, estamos en el viejo cementerio!

Amadeo observaba con mucha calma, y con ese temor de hermano menor que nunca le había visto. Se suponía que él era el fuerte, el que me contenía, pero ahora ocupaba el rol que le correspondía, el rol de hermano menor.

El silencio era sepulcral, literalmente... Seguimos caminando sin rumbo fijo, pero con el objetivo puesto en nuestra mente: teníamos que encontrar a la Sra. Ernestina. Luego de unos minutos, ya no estábamos en tierra santa. El cementerio había quedado atrás. Sentí un alivio inmenso, al igual que Amadeo. Ambos respirábamos más tranquilos, aunque con la preocupación y el deber de encontrar a esa señora.

Nos sentamos un rato a descansar, Amadeo sacó de su morral un poco de tabaco y comenzó a preparar su patenuco. Me causó extrañeza, ya que Amadeo no fuma. Me explicó que lo hace de cuando en vez y que este era el momento preciso para controlar los nervios. Entonces, como buen hermano mayor, le dije que me preparara uno, y ambos nos fumamos unos buenos patenucos mientras pensábamos dónde podríamos encontrar madera seca para encender el fuego, y así poder servirnos agua caliente. No pensamos en la hora; ya estaba amaneciendo y no habíamos dormido nada. Tampoco planeábamos hacerlo. Fui a buscar agua a un riachuelo que estaba cerca del lugar para apagar la fogata, mientras Amadeo ordenaba las cosas para seguir en busca de nuestro destino.

Nos dieron las dos de la tarde caminando y sin encontrar nada. La desilusión era mayor. El cansancio estaba dando inicio y el sueño se comenzaba a notar, pero no podíamos desistir. Era necesario poder encontrar a esta bruja. Continuamos con nuestro peregrinaje por horas hasta que, a lo lejos, detrás de unos árboles bastante frondosos, encontramos una rancha. Nos acercamos lo suficiente como para darnos cuenta si estaba habitada o no, caminamos un par de pasos y, estando frente a la puerta, se escuchó una voz en un tono calmo.

—¡Adelante, pasen!

En un comienzo, dudé en entrar, pero Amadeo me dio un pequeño empujoncito.

La puerta estaba junta y en su interior no divisamos a nadie. Además, había muy poca luz, y un olor a encierro y a humedad.

—¡Tomen asiento! —se volvió a escuchar esa voz.

En ese momento, se encendió una vela y logramos ver su rostro. Era ella, la Sra. Ernestina, sentada en un sillón que estaba ubicado en un rincón de la casa (si es que a eso se le podía llamar casa).

—Los estaba esperando —nos dijo.

En ese instante y después de escucharla, quedé bastante atónito. ¿Cómo ella nos iba a estar esperando? Desde ese entonces, me di cuenta de que con cada acontecimiento nuevo que sucedía, más estaba seguro que ella tenía que ver con nuestra maldición.

—¿Cómo está su madre? —nos preguntó.

—¿Con qué cara nos viene a preguntar por ella? —le reclamé—. Si desde la última vez que conversó con usted, nuestra madre jamás ha sonreído. Ahora, ella siempre está en un estado de letargo continuo, como si la vida no le interesara y, peor aún, sin ganas de vivir. Para nuestra madre el mundo ya no es a color, para nuestra madre el mundo es completamente gris, ¡y todo por culpa suya! —le grité.

Amadeo solo escuchaba; estaba bastante temeroso. El ambiente no era el mejor como para estar relajado.

—Vinimos hasta acá porque necesitamos...

—Sé por qué están acá —nos dijo con un tono bastante fuerte. Y sí, sí es verdad que soy una especie de bruja, y sí tengo que ver con lo de tus pesadillas y lo de tu madre.

—Pero, ¿cómo? ¿Cómo puede ser?

—¡Relájense y escuchen! —nos dijo—. Todo comenzó cuando yo era una niña de unos 5 años de edad. No tengo recuerdo de mis padres verdaderos; solo tengo recuerdos de mis padres adoptivos y mi crianza en Rari, un pueblo pequeño en la precordillera, cerca de Linares. Me veo recorriendo el campo sola, sin amigos y con visiones que, para mí en ese entonces, eran normales. Visiones de muertes, de gente que jamás he visto hasta el día de hoy. Visiones de ustedes, de la caja negra, de la muerte, de Satán.

Cuando mis padres me adoptaron en Rari (adopción que, por lo demás, no fue legal) comencé a sentirme diferente. Comencé a sentirme viva, a sentir sensaciones nuevas, a apreciar de forma diferente mi entorno, a reconocer quién era, y eso me daba temor, el no saber en realidad quién soy...

»Tenía unos 20 años. Mis papás ya no daban más de angustia y de temor; el no saber a quién estaban criando los estaba matando por dentro. No eran malos padres, pero ya no sabían qué hacer conmigo. Muchas veces, despertaba toda ensangrentada en un lugar desconocido en el campo, sin siquiera saber de dónde era esa sangre y por qué estaba ahí. No fue una vez; fueron muchas veces que pasé por episodios semejantes. Ellos me ayudaron mucho, pero cada vez fue empeorando. Una noche de lluvia, recuerdo haberme levantado de la cama porque una voz me decía que lo hiciera. Fui a la cocina, tomé un cuchillo, le corté la garganta al gato de la casa y luego me bebí la sangre. La voz me decía: «A la salud de mis hermanos».

»A la mañana siguiente, mis padres lloraban y rezaban de rodillas a la orilla de mi cama, pidiendo por mi salvación. Luego de despertar, un fuerte sismo sacudió toda la casa. En definitiva, yo no era normal. Otra noche, desperté en medio de una fogata en un lugar desconocido para mí, desnuda por completo, con una caja de madera en mis manos. Su interior estaba lleno de flores negras con un aroma a cementerio. Lo recuerdo como si fuese hoy.

»Esa fue la gota que colmó el vaso. Mi padre tomó rumbo a Panimávida a conversar con su amigo cura para que la Iglesia católica hiciera algo al respecto. Esa misma noche, llegó con el padre Ramón. Él traía muchas cosas dentro de un maletín de cuero: una Biblia, unos santos, agua bendita y otras cosas que no recuerdo. El padre Ramón se tomó su tiempo y se dedicó a conversar conmigo, me explicó que algo malo habitaba dentro de mí y que él haría hasta lo imposible por sacarlo, para que así yo pudiera realizar una vida normal, ser una joven normal, una hija de Dios.

»La preparación duró como unos veinte minutos. Me tuve que poner un camisón blanco que llegaba hasta mis tobillos y sentarme en una silla bastante grande y firme. Me tuvieron que amarrar de pies y manos con una cuerda de lona muy gruesa. Todo eso lo hacía mi papá mientras mi madre me observaba con pena y llanto. En la habitación contigua, el padre Ramón hacía su preparación de manera metódica. Leía y leía un manuscrito que llevaba en un morral de cuero, y luego se puso a leer la Biblia... Ustedes se preguntarán cómo es que me enteré de eso.

»La verdad, solo lo supe en el momento. Tengo el don; sí, un don, si es que se puede llamar así, de saber cosas que nadie más sabe. Solo llegan a mi mente como un sueño, por eso sabía que ustedes llegarían hoy... ¡Bueno, seguiré con la historia! Salió de la habitación con todos sus materiales, mesurado, serio, pero en su interior yo veía cobardía, y es por ese motivo que la expulsión no resultó como él esperaba. El padre Ramón era creyente (obvio, si era cura) pero su fe no estaba al cien por ciento, y eso le jugó en contra.

»Dos horas y tres cuartos duró la batalla... Ustedes se estarán cuestionando: ¿quién ganó? ¿El bien o el mal?

»Ni yo lo sé; créanme, ni yo lo sé. Por el hecho de saber lo que vendrá en el futuro, la mayoría de las veces no son buenas noticias, y eso no me alegra para nada, aunque ustedes no lo crean. Es más, cada vez que vaticinio una desgracia, una enfermedad me ataca de forma brusca.

»¡Pero volvamos atrás! Terminado el trabajo del padre Ramón, lo que recuerdo es que quedé muy agotada. Hubo momentos que no recuerdo en absoluto; vi a mi mamá llorando y rezando a la vez, y mi papá tomando un sorbo de vino tinto. Luego, se me vuelve a borrar la memoria.

»Al día siguiente desperté en mi cama, pero no en mi casa. Estaba en una rancha bastante apartada de nuestro domicilio... Pasaron unos minutos y comencé a recordar lo sucedido la noche anterior. En ese instante, me di cuenta de que ya no tenía familia, que ambos, tanto mi madre como mi padre, me habían abandonado. Sentí una rabia y pena enormes, pero no los culpé. Sabía que a partir de ese instante mi vida sería otra; tomé mis cosas y caminé como nunca hacia el sur. Siempre había soñado con llegar lejos, pero lo más lejos que logré llegar fue hasta la localidad de San Carlos. Desde ese día, ha sido mi hogar, y mi familia ha sido su madre, Elisa. Sí, mi amiga, mi única amiga, a pesar de que ella sabe todo de mí.

En ese momento, la interrumpí

—¿Cómo que sabe todo de usted? O sea, mi mamá sabe que usted es una bruja.

—¡Calma! —me dijo Amadeo—. Ahora necesitamos sosiego para meditar todo lo sucedido.

17

Era nuestra segunda noche en el cerro Cachapoal, pero la primera que pasaríamos en la casa de la Sra. Ernestina. Amadeo se veía sereno; yo estaba asustado, impaciente y, a la vez, intranquilo. Pensaba a cada rato en mi madre y en mi amigo Jeremías, y cómo es que llegamos a esto.

Entró a la casa con unos leños secos y encendió la estufa, puso a hervir agua, sacó un poco de harina de un saco y, en un santiamén, tenía listas un par de tortillas que serían para hacerlas al rescoldo. La duda era si comerlas o no.

—Ya, muchacho —nos dijo—. Les voy a relatar la última parte de mi vida y cómo llegué hasta acá. Espero no se asusten; créanme, no les haré daño.

Nos sirvió a ambos un tacho con café y, en silencio, escuchamos con mucha atención.

—Sucede que yo soy hija del demonio. Sí, tal cual lo oyen, y tal cual lo contó el padre Ramón. Es algo con lo que aprendí a vivir, pero con el tiempo supe que, al llegar a la mayoría de edad, me iba a definir si seguía por el camino del bien o del mal... Y, por suerte para ustedes, seguí el camino correcto. Eso sí; fue una dura batalla que sigo ganando con el tiempo.

»No es fácil ser hija del mal; todo me afecta, todo en absoluto. Por el solo hecho de querer no hacer daño, esto afecta mi salud, sobre todo mi cabeza. Los dolores son intratables, y esas voces que sigo escuchando son más fuertes aún. Es una maldición que no desearía a nadie. La única persona que sabía de esto era su madre; ella siempre me trataba con amor, sabía que en el fondo había mucha bondad en mí.

»Sé que ustedes vinieron hasta acá para poder salir de todas las dudas que tienen y terminar, de una vez por todas, esta maraña de espanto...

Ambos estábamos lo suficientemente tranquilos. Más que caza de brujas, parecía paseo dominical. Claro, esa tranquilidad duraba solo hasta cuando recordaba lo que me había advertido el padre Ramón: que tuviera mucho cuidado con Emilia, ya que era un alma malévola que había sido sanada, y no tenía que confiarme.

Enseguida le pregunté por la caja negra. Me respondió:

—Esa solo tienes que ocuparla tú. Es tu invento. No la prestes ni la regales a nadie, no importa quién te la solicite. Recuérdalo muy bien, por algo te lo digo: esa caja está maldita; solo tú la puedes ocupar.

»Con respecto a tu mamá, por desgracia, ella sabe algo que nadie más sabe. Por eso su estado, y créeme que eso le afectó.

»También quieres saber de tu amigo Jeremías. Para él, la situación es mucho más compleja. Jeremías entró en un estado de locura temporal, que para que termine y pueda sanar, tiene que ocurrir otro evento muy similar o aún peor...

—¿Puede, por favor, ser más específica? —le pregunté.

—Tenía como 15 años cuando soñé contigo y la caja negra. Fue una visión o sueño, como tú lo quieras llamar. Yo, en ese entonces, sabía que tenía ciertos poderes que podían ser ocupados por el mal. Lo extraño del sueño es que tú ya estabas vivo y ni siquiera existías todavía en la vida real. Dentro de ese sueño, tuve otro sueño donde mi padre, el verdadero, realizaba un ritual junto a la caja negra. Un ritual parecido al sueño tuyo; la diferencia es que, en el interior de la callana, estaban tu madre y Jeremías, rogando por salvarse del destino, destino ligado al demonio, ligado al infierno, a la muerte en vida. No me preguntes por qué, pero el destino, sea cual sea, quiso que ustedes entraran al camino de lo desconocido. No es mi culpa, es el destino.

—Pero, ¿por qué? ¿Qué he hecho yo? ¿Que hizo mi mamá? ¿Que hizo Jeremías? —se lo dije de una forma violenta. Estaba lleno de rabia, de impotencia y de temor, pero no podía claudicar; tenía que saber la verdad.

Me miró fijamente y, en un tono muy fuerte y mientas Amadeo observaba, nos dijo:

—¿Quieres saber la verdad? Esta es la verdad: tu madre morirá por culpa tuya. Sí, por tu culpa tu madre dejará de existir. Lo mismo le sucederá a Jeremías... Solo por tu culpa.

En ese momento comenzó a temblar con mucha fuerza. Se movía todo en el interior, caían las cosas, los muebles, los cuadros, uno no se podía mantener de pie. Amadeo se paró de su asiento y fue rumbo a la puerta. Ambos logramos salir con rapidez, pero afuera ocurría otra cosa; no estaba temblando. El movimiento solo se sentía en el interior, la rancha se movía y se movía, y nosotros veíamos estupefactos lo que estaba aconteciendo.

Dejó de temblar y la casa ya no se meneaba. Lo primero que hicimos fue tratar de entrar, pero fue imposible mover esa puerta de madera. Golpeamos muy fuerte y nada, dimos vuelta a la rancha y logramos ingresar por una ventana rota. La sorpresa fue mayor: en su interior no había nada ni nadie. Ni muebles, ni ninguna señal de que esa rancha hubiese estado ocupada en años. Me invadió un miedo que me caló los huesos, miré a Amadeo y él se veía peor.

¿Qué ocurrió? Pasó de todo por mi mente... Amadeo me pidió que saliéramos lo antes posible. Fue así que, raudos, salimos con destino a buscar nuestras bestias y volver a casa era nuestro objetivo. Caminamos y caminamos por horas sin encontrar nada; sentía más temor que nunca y Amadeo se sentía igual. Ambos agotados, muy agotados, y con un miedo peor que cuando llegamos.

18

El retorno se hizo difuso. Al comienzo, ambos íbamos muy callados. Encima, oscureció mucho antes de lo habitual. Luego de una hora, comenzamos a conversar y tocar el tema, llegando a la conclusión que, de alguna u otra forma, habíamos terminado con esta maldición. Uno de los objetivos estaba cumplido; o casi, la Sra. Ernestina ya no estaba, había desaparecido. Por eso la urgencia de llegar a casa; así sabríamos cómo estaban nuestra madre y nuestro amigo.

Todo lo acontecido en esa rancha fue una locura, no lo podíamos creer. Era imposible que alguien desapareciera, era imposible que temblara solo en esa casa, era imposible creer lo que nos había ocurrido. No era magia, era la realidad, y sentíamos una sensación única, de paz, como si el bien hubiese triunfado. Nos sentíamos libres. Amadeo cantaba de júbilo, yo gritaba y cantaba de felicidad. Por fin nos sentíamos calmos; incluso, en un momento ambos nos miramos y comenzamos a orar, a dar gracias a Dios por habernos dado fuerza y valentía. Nos sentíamos unos verdaderos héroes.

Al llegar a nuestra casa, se veía todo normal, pero no... La sorpresa fue mayor: nuestra mamá, Elisa del Carmen, estaba radiante, hermosa. Su piel rosada como de costumbre. Ella estaba sentada en su sillón favorito, bordando un mantel de cocina. Se le veía feliz. Apenas nos vio, nos pidió el encargo.

—¿Qué encargo? ¿Cómo que encargo?

—El que les pedí hace una hora —nos dijo.

—Mamá, llevamos dos días fuera de casa —le dije.

—Sí, chistositos, ¡cómo no! Entréguenme el detergente. Necesito lavar lo antes posible, no quiero que se me enfríe el agua.

Enseguida, Amadeo le siguió el juego y me invitó a ir a buscar el detergente.

Nos miramos y sonreímos. Sabíamos que lo ocurrido en el cerro había causado algo importante, la maldición estaba llegando a su fin. Es más; yo ya no sentía temor alguno, me sentía pleno, en un estado de dicha y de prosperidad, pero teníamos que confirmarlo. Tendríamos que corroborar los hechos. A toda prisa, nos fuimos a casa de Jeremías para saber de su estado de salud.

Otra gran sorpresa: Jeremías nos abrió la puerta y nos abrazamos como nunca. Los tres sabíamos que todo estaba volviendo a la normalidad. Le preguntamos muchas cosas, recordaba muy pocas. De lo que sí estaba seguro es que nunca estuvo en el hospital de Chillán; sus hermanas lo avalaron. No entendíamos nada o, mejor dicho, por primera vez lo entendíamos todo y tan claro.

¿Regresamos el tiempo atrás? Si fue así, nunca hubo maldición, ¿o si nunca hubo una niña bruja? O si serían interrogantes que solo con el tiempo se dilucidarían.

A la mañana siguiente, muy temprano, mi mamá nos despertó al desayuno, se le veía muy feliz. Amadeo no aguantó más y le preguntó por la señora Ernestina.

—¿Quién es la Sra. Ernestina?

—Tu amiga, pues, ¡obvio! —le contestó Amadeo.

Ella solo sonrió.

—No conozco a nadie con ese nombre; además, ustedes saben que amigas no tengo, solo el gran amor de Roberto y el de ustedes.

Amadeo y yo nos miramos, fuimos al patio y comenzamos a saltar de felicidad. Luego, nos dirigimos donde Jeremías a contarle todo lo acontecido durante estos últimos días, incluyendo su estadía de loco en el hospital de Chillán. Ahora recordaba un poco más, pero lo del hospital, nada de nada. Lo más insólito es que el Jeremías de ahora no cojeaba, ni sentía malestar en su pierna. Buscamos unas fotografías para demostrarle lo contrario, pero fue mayor la sorpresa cuando en ninguna foto se le veía una pierna más corta. Sus hermanas creían que era una broma que le estábamos jugando…

19

Meses y meses de tranquilidad, de no tener pesadillas, de no sentir temor, de no ver a la bruja del pueblo. Todo era sosiego, paz y armonía. Yo daba por hecho que todo había cambiado; se sentía un aire distinto. De cuando en vez, mejor dicho, muy a lo lejos, tocábamos el tema con Amadeo y Jeremías, más que nada para saber si todo seguía su curso normal.

Un día, tomamos la decisión de irnos de vacaciones, aunque fueran cortas, pero necesitábamos descansar. Preparamos las cañas de pescar, carpa, mantas, etc. Era recordar viejos tiempos; Jeremías estaba a cargo de preparar los enseres, Amadeo de llevar la carpa y yo era quien dirigía y estaba a cargo del grupo. Nos fuimos por tres días: viernes, sábado y domingo.

Fue un fin de semana sorprendente, logramos disfrutar y relajarnos a un nivel superior. Estar rodeados de naturaleza era nuestra satisfacción y, de cierta forma, necesitábamos un instante de soledad para sentirnos vivos y felices de nuevo. Fumamos, nos emborrachamos, cantamos, bailamos hasta las tantas de la madrugada sin que nadie nos dijera nada. Era la felicidad en estado pleno, lejos del pueblo. Era nuestra forma de dar gracias a la vida, gracias a Dios por todo lo que había hecho por nosotros.

Una vez de vuelta, llegando a casa nos dimos cuenta de un delicioso y aromático olor a trigo tostado. Nos llevamos la sorpresa de que mi madre había ocupado la callana para tostar el trigo. Me entró un pánico atroz hasta que nuestra madre se acercó muy contenta a contarnos que había ocupado mi invento y que le resultó de maravilla, que tenía pensado tostar muchas más semillas y hasta frijoles; que tenía que fabricar más para vender, que todo el mundo me compararía una.

En una de esas tardes con mis amigos, recordé lo que me había dicho mi mamá y, como buen hijo, le obedecí. Comencé a fabricar otra callana. Esta iba a ser para Jeremías, ya que él me estaba solicitando una de regalo desde hacía tiempo. Una vez terminada, fui a su casa y se la entregué en sus propias manos. Parecía cabro chico, cómo saltaba de contento. ¡Jamás imaginaría la desgracia que le traería!

Fue a la semana siguiente de haberla construido. Llegando a casa, me encontré a todos llorando.

—¿Qué pasó? ¡Alguien que diga algo!

Nadie emitía ruido alguno aparte de llorar. Fue mi papá, Roberto, quien me dijo lo que había sucedido.

—Gilberto, lo primero que tienes que hacer es calmarte —me dijo.

Él se veía tranquilo, pero a la vez nervioso. Se notaba que había llorado muchísimo.

—Toma asiento, hijo. Sucede que tu mamá estaba tostando trigo en la callana, le dio un malestar fuerte en su brazo, fue a la cocina, me pegó un grito y la vi en el suelo con un dolor muy fuerte en el brazo y en el pecho. Al cabo de unos minutos, no habló más. Tus hermanos, con el vecino, la llevaron en carreta donde el médico. Yo me quedé aquí esperando a que llegaras y también esperando buenas nuevas —terminó de decir «nuevas» y se largó en llanto.

Era la primera vez que veía llorar a mi papá. Lo abracé muy fuerte y ambos rogamos al Señor para que se salvara. No me imaginaba sin mi mamá. Pasaron unos quince minutos, cuando llegó Amadeo, el vecino y el resto de mis hermanos. Nos miraron y comenzaron a llorar, Amadeo me abrazó muy fuerte y me dijo:

—Nuestra mamá murió, y fue por culpa de esa vieja maldita. De eso estoy seguro.

Me fui a mi dormitorio. Me lancé a mi cama y no paré de llorar, hasta cuando llegó una de las hermanas de Jeremías a contarnos la desgracia fatal que estaba ocurriendo en su familia. El asombro fue mayúsculo cuando supo que nuestra madre había muerto... No lo podía creer; ella venía a relatar cómo su hermano Jeremías había fallecido esa misma tarde y, por desgracia, se llevaba otra sorpresa fatal. Cuando escuché lo de Jeremías rompí en llanto de nuevo. No podía ser que el mismo día fallecieran las dos personas más importantes en mi vida, justo cuando la felicidad se apropiaba de mi familia y tomaba un rumbo distinto.

La cogí del brazo, apretándola demasiado, sin querer. Le pedí que me acompañara al patio y que, por favor, me contara cómo había sucedido tal desgracia. Me dijo:

—Jeremías estaba en la parte trasera de la casa tostando trigo en la callana que le regalaste, cuando sentimos un grito fuerte, desgarrador, pidiendo que no, pidiendo que no. Eso alcancé a escuchar. Corrí junto a mi mamá. Cuando llegamos, estaba tirado en el suelo, con su mano derecha apoyada en su pecho y la callana colgando de la viga.

Tres días duraron los velatorios; tres días de congoja, tres días interminables, tres días de muchas flores, mucha gente, muchos vecinos, mucha pena y tristeza. Ambos velatorios se realizaron en sus respectivas casas. El dolor era enorme, pero eso no impidió que mi papá matara un novillo para atender a las visitas y a los parientes. Para muchos, era una fiesta: vino, carne, comida para satisfacer yeguas, pero para nosotros, la familia Navarrete, era un dolor inimaginable. De solo pensar que nunca más estaría con mi madre ni con Jeremías... Un dolor que no le deseo a nadie. Pasaban las horas y todavía no asimilaba bien lo ocurrido.

El día del entierro fue muy doloroso. Ambos cuerpos fueron sepultados en el cementerio de San Carlos y estaban a metros de distancia. El día estaba nublado y a ratos con llovizna. Cuando llegaron las carrozas tiradas por caballos, me causó una pena que jamás olvidaré. Los caballos y el cochero vestían de negro, el ambiente era de tristeza, los árboles y las flores irradiaban dolor, la muchedumbre solo observaba con angustia y yo no podía mantenerme de pie. Sentía que era el fin.

Al llegar a casa, la tranquilidad no llegaba aún. Todavía quedaban familiares que venían de muy lejos y el descanso no era para nada reparador. Con Amadeo, fuimos a dar una vuelta a la plaza. La idea era despejarnos del dolor, pero tenía una duda en mi cabeza, duda que no quería ni deseaba recordar, pero Amadeo sí lo hizo. Él también recordó lo que nos dijo la Sra. Ernestina antes de desaparecer: «Tu madre morirá por culpa tuya. Sí, por tu culpa tu madre dejará de existir. Lo mismo le sucederá a Jeremías». Miré a Amadeo y le dije:

—También recuerdo cuando ella me dijo que no le regalara la callana a nadie, que estaba maldita, que solo yo la podía ocupar. Y ambos fallecieron ocupando la callana.

Nos quedamos un minuto en silencio y nos dimos un fuerte abrazo.

—Ojalá —me dijo Amadeo—. Ojalá esto haya terminado.

—Ojalá —le dije yo.

Estábamos por marcharnos, luego de haber llorado lo suficiente y fumado un buen patenuco preparado por Amadeo, cuando, de la nada, apareció una niña de unos 7 años de edad. El ambiente se volvió extraño. La niña vestía ropa antigua y estaba bastante desaseada, con pelo muy negro y cantando la ronda *Juguemos en el bosque*. Nos miró fijamente y nos dijo, en un tono de voz angelical:

—Esto todavía no termina, recién está comenzando. Recuérdenlo muy bien...

¡Y se fue rauda!, cantando: «Juguemos en el bosque mientras el lobo no está».

La cobardía, el agotamiento y el dolor pudieron más. Amadeo y yo solo la observamos a la distancia, sin decir ni una palabra.

20

24 de diciembre de 2022. Estoy con mi familia en mi hogar, en la ciudad de Linares, a punto de abrir los regalos de Navidad, disfrutando de este hermoso momento único del año donde se demuestra el verdadero amor de familia o, por lo menos, eso sucede en la mía.

Suena mi celular.

—¿Don Jorge Beltrán Navarrete? —dice una voz de mujer muy suave y temerosa.

—Sí —contesto.

—Le comento —me dijo—. Mi nombre es Sofía González Bahamóndez. Soy sobrina nieta de Jeremías Bahamóndez. Vivo en San Carlos y, al parecer, usted es nieto de Gilberto Navarrete.

—Sí, es así.

—Necesito de forma urgente contactarme con usted, en persona.

Me quedé en silencio por unos segundos.

—¿Está ahí? —preguntó.

—Sí, sí estoy —le contesté.

—Sucede que, en mi poder, tengo varios accesorios que heredé. Entre ellos, una callana, una callana negra y una carta que recibí hace un par de meses de mi tío bisabuelo Jeremías. Por favor, necesito urgente poder conversar con usted, lo antes posible. Espero, por su bienestar y el mío, lograr juntarnos. Este es mi número; llámeme cuando pueda. Adiós y feliz Navidad.

Miré fijamente a mi esposa y luego a mis hijas. El miedo e incertidumbre se apoderaron de mí.

Distancia entre ciudades

La ciudad de Linares se encuentra ubicada a 305 km al sur de la capital de Chile, Santiago.

La localidad de Rari se encuentra ubicada a 25 km al nororiente de la ciudad de Linares.

La comuna de Parral se encuentra ubicada a 347 km al sur de la capital, Santiago.

La comuna de San Carlos se encuentra ubicada a 81 km al sur de la ciudad de Linares.

Lecturas recomendadas

La casa de la Reina de Bastos (Mónica Peralta Delgado)

La casa donde vivía Sofía (Sofía Almaguer)

www.ingramcontent.com/pod-product-compliance
Lightning Source LLC
La Vergne TN
LVHW091119150826
845673LV00002B/893

* 9 7 8 6 1 2 5 1 1 2 2 2 4 *